全民微阅读系列

英雄寂寞

YINGXIONG JIMO

阿社 著

江西高校出版社
JIANGXI UNIVERSITIES AND COLLEGES PRESS

图书在版编目（CIP）数据

英雄寂寞 / 阿社著. — 南昌：江西高校出版社，
2017.5

（全民微阅读系列）

ISBN 978-7-5493-5360-6

Ⅰ.①英… Ⅱ.①阿… Ⅲ.①小小说—小说集—中国
—当代 Ⅳ.①I247.82

中国版本图书馆 CIP 数据核字（2017）第 100419 号

出 版 发 行	江西高校出版社	
社 　 址	江西省南昌市洪都北大道 96 号	
总编室电话	（0791）88504319	
销 售 电 话	（0791）88592590	
网 　 址	www.juacp.com	
印 　 刷	北京一鑫印务有限责任公司	
经 　 销	全国新华书店	
开 　 本	700mm×1000mm 1/16	
印 　 张	13.25	
字 　 数	149 千字	
版 　 次	2017 年 5 月第 1 版	
	2020 年 7 月第 2 次印刷	
书 　 号	ISBN 978-7-5493-5360-6	
定 　 价	36.00 元	

赣版权登字-07-2017-450

日益崛起的岭南小小说
——《岭南小小说文丛》总序

杨晓敏

近年来,岭南小小说在申平、刘海涛、雪弟、夏阳、许锋等人的大力倡导下,涌现出一批又一批的小小说热爱者,他们中间有成熟作家、评论家,也有后起新秀,他们的写作或深刻老道或清浅稚嫩,却无一不表现出一种蓬勃向上的喜人态势。今天的岭南小小说也可说春光旖旎,风光无限,老枝新叶,次第绽放新颜。《岭南小小说文丛》这套丛书,可谓近年来岭南小小说创作的一次集体大检阅,名家新锐,聚于一堂。入选的众多作家,来自不同的行业领域,对生活与艺术有着各自的观察切入点和表现力,其作品自然各具特色、各臻其妙。

广东已成为全国小小说创作强省之一:2010年在惠州创建"中国小小说创作基地";2013年打造"钟宣杯"全国优秀小小说"双刊奖";2012年著名作家申平先生被聘为《小说选刊》小小说栏目特约责任编辑,同年,惠州学院文学与传媒学院成立了小小说创作研究中心;2016年成立了广东省小小说学会,还有广州、佛山、东莞等地活跃的小小说学会等。一些有能力、有责任感的小小说倡导者,逐步健全组织机构,发展壮大队伍,坚持定期举办笔会,推新人、编选集、搞联谊、设奖项。这些举措不断激励着广大写作者的创作热情,绩效卓异,引起了全省乃至全国更大范围的关注,引领出了一支数以百计的小小说作家队伍。这支队伍先后出版小小说作品集和理论著作数百部,涌现出申平、刘海涛、韩英、林荣芝、何百源、夏阳、雪弟、许锋、韦名、朱耀华、吕啸天、李济超、肖建国、海华、石磊、陈凤群、陈树龙、陈树茂、阿社等一大批在全省、全国产生影响的小小说作家、评论家,先后荣获小小说领域最高荣誉"金麻雀奖"以及"蒲松龄微型文学奖""全国小小说优秀作品奖""冰心儿童图书奖"等,并且获得"小小说事业推动奖""小小说星座""明日之星"等荣誉称号。《头羊》《草龙》《记忆力》《捕鱼者说》《马不停蹄的忧伤》《蚂蚁蚂蚁》《爷父子》《最佳人选》等不少作品被选入各类精华本、语文教材以及译至海外,成为广大读者耳熟能详的精品佳作。

能把故事尤其是传奇故事讲得一波三折、九曲回肠、跌宕起伏又不纯粹猎奇,不能不说是写作者赢得读者青睐的一种有效手段,事实上有不少小小说写作者都因此而取得成功。广东的小小说领军人物申平深谙此道。近些年在南方的生活打拼,使他对文学的理解愈加成熟。他说,故事与小说的差异在于,前者是为了故事而故事,后者是故事后面有故事——回味无穷。现实生活中会有不同的故事,而要成为小说,则需要作家在生活中提干货、取精华,在故事这个"庙"里,适当造出一个"神"来。我以为作者所说的这个"神",实际上就是文章的"立意"。这是作家从创作实践中悟出的真知灼见。申平是国内著名小小说作家,作品诙谐幽默,主题深刻,特别在动物小小说创作方面独树一帜,深受读者好评。此次申平推出了自己 2012 年至 2016 年期间发表的作品精选,这 80 篇作品可以清晰地看到作者这几年的思考和跨越,"头羊"一下子变成了"一匹有思想的马"。

当代小小说领域的写作者云集如蚁，此起彼伏，亦如生活中，各色人等各领风骚。关于人生，关于文学，关于小小说，夏阳曾写下了自己的理解。他说："小小说首先是一门艺术。语言的精准，具有画面感的场景，独到的叙述手法，极具匠心的谋篇布局，加上恰到好处的留白，方寸之地，凸显小小说的大智慧。"夏阳在出道极短的时间里，以文质兼具的写作，进入一流作者的方阵，细究起来答案其实简单——不懈的读书思考和丰富的生活阅历，直接关乎写作者的人格养成。耿介而不追名逐利，不媚俗并拒绝投机主义，使夏阳在庞杂的小小说作家队伍中更显得言行坦荡，特立独行。夏阳的《寂寞在唱歌》，精选了 45 篇作品，用音乐点燃小小说，用小小说诠释音乐，可谓别出心裁，意在创新。该书质量整齐，笔法老道，人物描写细腻，是一部有艺术特色的小小说作品集。

《海殇》是李济超的又一本作品结集，内容大致分为"官场幽默讽刺、社会真善美、两性情感"三类。李济超刻画人物入木三分，把普通而有特殊意味的人和生活巧妙地奉于读者面前，引导读者在阅读中沉思，在沉思中感知生活。他常将官场比作战场，撇开危言耸听之嫌，官场上不仅要有斗智斗勇的应变能力，还要有百毒不侵的强健心智才行。李济超的官场作品，似乎和"领导"较上了劲：《千万别替领导买单》的弄巧成拙，《白送领导一次礼》的功利认知，《不给领导台阶下》的误打误撞，无不说明了领导在其官场作品中难以撼动的堡垒地位。《今天是个好日子》更是将领导的官场伎俩表现得淋漓尽致。有很多作家热衷官场题材的写作，且以揭露、讽刺为侧重点，此类题材能成为写作热门，绝非因官场文章好做，而是耳闻目睹，有话可说。

幽默是一种智慧，既能兼顾严肃的主题，又能令情节妙趣横生。海华的小小说中,常常体现出这种幽默风格,此次他推出的《最佳人选》风格亦然。比如其中的小小说《批判会》,虽然写的是特殊年代的一件司空见惯之事,却寄寓深远,读罢令人浮想联翩。海华善于一语双关,旁逸斜出。其作品语言紧贴人物,诙谐幽默,绵里藏针,极有生活气息。旺叔和七叔公两个人物形象刻画尤为成功。二人巧于周旋,挥洒自如,化解矛盾于无形,大庭广众之下,宛若上演了一出滑稽剧,既捍卫了村民的权利,又对社会生活中的不正常现象进行了淋漓尽致的抨击,是一篇幽默而不失含蓄的批判现实问题的作品。《最佳人选》所选作品,既有机关生活的展示,亦有市井生活的描绘,注重思想性,选材独特,文笔犀利,可读性强。

陈树龙专职从事空调行业二十多年,与民众多有交道,丰富的生活阅历使他的作品贴近生活本色。他善于将问题隐于深处,以轻松调侃的姿态开掘出来,读来生活情趣盎然。《顺风车》中的作品幽默诙谐,其中的《藏》可谓滴水映日,以小见大。阿六担心老婆戴着金首饰旅游不安全,让其藏匿于家,可是藏在家中哪里却成了一个棘手的问题,即便是自己的家,也未必是安全所在,还要提防小偷不请自来,于是揣摩小偷思维的反心理战术开始了。老婆准备将金首饰藏匿于衣柜、床垫、书房、米桶等等的惯常思路被阿六一一否定,畅想有个保险箱也被阿六调侃是“此地无银三百两”的愚蠢做法。老婆气恼先去拦的士,阿六藏匿好首饰,甚至打开了电视和灯光唱起了空城计,谁知却被再度返回的老婆无意中破解了。于此有了结尾处滑稽的一幕,阿六自认为天才小偷也找不到藏匿于垃圾桶垃圾袋中的首饰,却被老婆临走时顺手丢了。阅读至此,让人在哑然失笑之余,不免陷入对生存环境的思索。任何文学作品都要根植于现实生活的土壤中,小小说也不例外。每一篇作品就像一粒种子,埋藏在作者生活阅历及情感的不同节点,点点滴滴的生命感受一旦萌芽,或喜或悲的命运都会长成一棵开花的树。

陈树茂的小小说《1989 年的春节》讲述了一个家庭的生活节点,同时也是这个家庭中每一个人的生命节点。这一年无疑是这个家庭最困难的一年,家中修建祖屋欠债难还,以致年三十的团圆饭都没有荤腥,父亲没有出门和牌友小乐,母亲冒雨挨个给借钱的亲朋好友送菜,希望过年期间不要来讨债,大哥考上大学发愁学费,大姐顾念家庭要求辍学,小妹尚小闹着要吃肉,而"我"偷偷切块祭拜祖先的卤肉给了小妹,看着母亲因为淋雨高烧、看着父亲偷偷抹泪却束手无策。这一年的年三十,对于这个家庭中的每一个人,都是苦不堪言的情感记忆,宛若一个心结难以解开,让人读之不禁为其忧伤:这一大家人的明天在哪里?雨停了天晴了,并不代表所有的困难不复存在了,可是作者就这么轻描淡写化解了,每一个人对未来依然心怀希望,一个家庭对未来依然抱有坚定不移的美好憧憬。父亲母亲对于苦难的隐忍倒在其次,乐观的生活态度才是影响孩子精神生活的支点。作品也因为这神奇的一笔,一扫全篇的阴霾压抑气氛,字里行间透着丝丝缕缕的暖阳。该书以家庭传统题材、另类服务系列、徐三系列及工地、社会题材为主,直面剖析社会现象和人性问题。

阿社属于年轻一代的实力派作家。《英雄寂寞》入选作品较全面反映了作者近年来的创作成就和艺术风格。其作品生动传神,寓教于乐,在轻松的阅读中给人以美的享受。时下,系列写作逐渐成为诸多作者选择的一个创作方向,以此架构一个具有自我标识性的文学属地。游迹于庞杂社会,或名或利的诱惑,人自然难以免俗,于是阿社的《包装时代》应运而生了。包装什么?名誉、头衔、身份等等,只要你想到的都可以有,甚至你没想到的也可以有。作品以人物的各种生活需求、社会需求、人生需求为线索,对主人公实施了一系列的改头换面行为,成功地将老师被包装成了大师。显然,包装师擅长攻心术,他深谙人们的欲望和浮夸心理,加上巧舌如簧,不仅利用包装身份满足了人物的虚荣心,还让其人性继续膨胀到不可一世,读来触目惊心。阿社的包装系列可谓琳琅满目,写实不失荒诞,揭示直抵人性。生活无小事,处处皆民生。

官场题材是陈耀宗创作的侧重点,《寻找嘴巴》中形形色色的官场人物活灵活现,语言或犀利或诙谐或调侃,但是归根结底还是在探究官场的生存法则,无外乎描绘官场为人处世的谨小慎微,甚至扭曲的生存心态。人际关系历来都是官场交流中不可避免的焦点,《人前人后》化繁就简,三人为例,集中展示了一个办公室中明争暗斗的有趣一幕。科长、科员甲、科员乙都是笔杆子,时有文章刊发,闲来两两互评,阿谀奉承乃至互相褒奖,而不在场的第三人就无辜中枪了。互损的结果只有两败俱伤,只不过大家已经习惯了这种官场游戏,人前人后,倒是彼此相安无事。"后来,好像什么事情也没有发生过,三支笔杆子似以往那样,两两对答着。一到三人都在一起,就不晓得说什么才好。"作者深谙官场生态体系,娓娓道来不失诙谐成分,讽人前的道貌岸然,嘲人后的阴暗猥琐,宛若上演了一出新时代的官场现形记。

胡玲是惠州市的小小说新秀,她的《心花朵朵》,是其几年来创作的结晶。该书细腻地描绘出人性的种种形状,开掘着人性的丰富内涵,用阳光的心态传达积极健康的能量,以接地气的文字书写社会底层小人物,如农民工、小贩、司机、临时工、保姆等,描写他们的生存之痛,他们的窘状、尴尬、困扰与快乐。胡玲还善于挖掘人性背后的束缚甚至异变，发现人的弱小和缺陷，以不同的文学视角写出"完美人物"的与众不同之处。比如《英雄之死》便是这个大背景下诞生的一篇作品，它意在警惕和呼唤：人，最终要成为"人"，而避免成为某些先入为主的观念的祭品。

在这次出版的《岭南小小说文丛》中，还有一卷要引起我们特别的注意，那就是《桃花流水鳜鱼肥——惠州市小小说 10 年精选》。这本由著名小小说评论家雪弟主编的作品集，收入了惠州市小小说作家的 63 篇精品力作，可以看作是"惠州小小说现象"的最好诠释。雪弟先生对广东小小说事业的不懈推动，值得尊敬。

《岭南小小说文丛》的出版，一定会成为 2017 年全国小小说领域的大事之一，也是一件值得广大小小说读者期待的事情。

是为序。

（作者系河南省作协副主席，中国小小说事业的倡导者、组织者，著名评论家）

目 录

附:评论

脱　发

还没跨进四十，崔扁的头发就开始哗啦啦地掉。崔扁刚开始还没怎么在意，等到他恍过神后，那顶上的头皮已经若隐若现了。

那天，他送份材料到局长室，张局长关心地问他，小崔呀，看你头发掉得厉害，可要注意哦。

崔扁说，谢谢局长关心。

张局长说，你看我的头发是不是多了些？

张局长这么一说，崔扁还真的感觉到张局长的头发比原来密了很多。崔扁连忙问，张局，你有什么好办法介绍介绍？

张局长露出得意的笑容，说，我现在吃一个老中医的方子，你也可以试试。

于是，崔扁就按张局长给他的方子到药店抓药吃。

好多天过去了，崔扁的头发不见长，反而脱得更厉害了。

这事儿惊动了李副局长。

李副局长说，我说小崔呀，每个人脱发的原因各不相同，你知道张局为什么脱发吗？

崔扁说，不知道。

那你知道你脱发的原因吗？

这我也不大清楚，我想大家都是脱发，就试试他的方子。

李副局长压低了声音，我告诉你，张局脱发是因为肾虚。

肾虚？崔扁很奇怪，肾虚会脱发？

李副局长说，呵呵，肾虚导致内分泌失调，内分泌失调导致脱发，懂吗？

李副局长又说，你肾虚吗？

崔扁说，我想，不会吧？

李副局长说，你看我的头发是不是多了些？

崔扁认真地看了看，李副局长原来光秃秃的头顶确实是长出了一些毛茸茸的细发来。

李副局长说，不瞒你说，我这是脂溢性脱发，就是油脂过多，皮脂分泌过旺导致的。我看你的情况跟我差不多，你是不是经常喝酒？你是不是喜欢吃肥腻的东西？你的头发是不是油性的？

是啊，是啊，是啊。崔扁觉得李副局长分析得很有道理。

我这里有几盒药，你拿去试试吧。

怎么好意思拿李局的药呢，要不，我给您钱吧。

要钱还叫给你吗？再说，这药也很便宜的，你试了有效，自己再去药店买。

于是，崔扁又改吃李副局长给的药。刚开始，感觉还有点儿效果，脱发没那么厉害了。为此，崔扁还特地跑到李副局长办公室当面道谢，又跑到药店买了一大包回来，扔给李副局长几盒。后来，他觉得这药不灵了，再接着，头发竟然脱得更厉害了。

崔扁为此情绪低落，上班也提不起精神。

王科长拍了拍崔扁的肩膀，说，脱发与精神紧张有很大关系，关键还是心理上的调节。

崔扁说，脱发与精神也有关系？

王科长说，这关系可大了！每天焦虑不安会导致脱发，压抑的程度越深，脱发的速度越快！

崔扁若有所思,喃喃地说,难怪,难怪!

王科长说,这我也有责任,平时给你们的工作压力太大了,可这也没办法啊,工作不能不做,关键是大家一定要调节好心态。上阵子,我也脱发啊,幸好我及时调整心态,以一种享受的心情来应付繁重的工作,这头发就不脱了。

崔扁豁然开朗,说,王科长讲得有道理。

王科长说,呵呵,就是嘛。明早局长要一份材料,我想辛苦你晚上加加班。

崔扁开心地说,没问题,加班是应该的。

吃完晚饭,崔扁马上就赶回单位加班了。刚好,科室的小丽也来加班。看到崔扁,小丽笑容满面,扁哥,看你这段时间头发脱得厉害,你可要注意哦。

崔扁说,是的,关键还是保持一个好心情啊。

小丽扑哧一声笑了,保持好心情对健康是非常重要的,但是我告诉你,脱发的原因有很多种,你之前吃了这药那药均没效果,就是没有对症下药。还有,平时我多次提醒你,不要贪小便宜买那些杂牌的洗发液,这对头发的伤害是最直接的……小丽滔滔不绝,但是崔扁觉得她说得比张局长、李副局长、王科长他们都全面,而且很专业。

小丽又说,我介绍一种洗发液给你,对脱发有特别疗效,它针对各种各样的脱发,所以你压根不用担心适不适合你的问题。

好啊! 崔扁开心地叫起来。

你看,我都帮你带过来了,一瓶三百元,市面上是买不到的。

这么一小瓶就三百元?

你要清楚,关键是疗效,明白吗? 疗效!

又一个星期天,崔扁的手机响了,是小丽打来的。

扁哥呀,我那洗发液的效果如何呀?

用了,头发脱得更厉害了!

有些人刚开始用会出现这种情况,那你现在呢?

现在不脱了!

这就对了嘛!我这里还有一个洗发液和护发素的组合套餐,优惠价五百元,在单位里不方便跟你说,所以我就给你打电话了。

我现在用不着了!

为什么呢?你一定要坚持使用下去呀。

我刚刚在理发店里理了个光头,刮得光光的,再也不用洗发液了!说完,崔扁把手机挂了,拍了拍光溜溜的脑袋,笑了。

全民微阅读系列

近　视

　　小虎对近视产生向往是在十岁那年。

　　那年,小虎的哥哥大虎因为近视配了一副眼镜。实际上,大虎近视已经有两年时间了,在班里座位越调越前,最后调到了第一排还是看得模模糊糊。没办法,父亲委托在镇里工作的三叔带大虎到县城里验光配眼镜。

　　鼻梁上架着镜片的大虎回家了,父亲像不认识儿子似的横看竖看,突然大吼一声,如果考不上大学,我看你如何下地干活!

　　小虎却觉得有趣,左纠右缠,非要哥哥把眼镜摘下来让他试戴一下。大虎拗不过,便小心翼翼地把眼镜给了弟弟。小虎一试,只觉得天旋地转,吐了吐舌头,马上把眼镜还给了哥哥。

　　即便如此,小虎还是觉得近视眼镜挺好玩的,特别是看到大虎用食指在鼻梁处那托眼镜框的动作,认为那是有知识的表现,很潇洒,很有型。但是,大虎对眼镜视为至宝,平时是不肯轻易让小虎碰一下的。有一次,大虎洗脸,把眼镜搁在一旁,小虎趁机想戴一下,只见大虎一声尖叫,把小虎着着实实给吓了一跳,逃也似的跑了,差点就没把眼镜摔在地上。

　　如果说,刚开始小虎对眼镜还只是觉得好玩,那么,接下来生活的悄然改变,让小虎对眼镜却心生羡慕。在大虎戴上眼镜还没几天,父母开始对小虎就呼来唤去了。比如说,去买点酱油什么的,以前可是叫大虎去的,现在呢,叫的是小虎。小虎嘟着嘴说，干吗不叫哥哥去？母亲说，你哥哥眼睛不好使。再后来，像去晒谷场帮干小农活诸类的活儿也就落在了小虎身上。小虎还是说，你们干吗不叫哥哥？母亲总说，你哥近视哩，不方便。父亲有时候说话更直接，不要影响你哥学习！

小虎觉得委屈。好在两兄弟感情好，小虎还不至于因为委屈对哥哥产生怨气，但自此却对眼镜产生了强烈的好感。小虎常常想，如果我也近视该多好呀！

有一次，小虎趴着看书，母亲看到了，骂道，你眼睛不要啦，如果又像你哥近视了，你说怎么办？小虎嘴里不敢说，心中却在咕嘀，近视了岂不更好？

母亲无意中的责备，却给渴望近视的小虎以启迪。从此以后，每逢父母不在，小虎看书不是趴着，就是躺着，希望有朝一日也像哥哥那样架上一副眼镜。

但是，天天捧着小说的小虎，还没来得及盼来近视，却盼来了退学。那年，小虎母亲经过一场大病，家里原本拮据的日子愈加艰辛。这一年，小虎读初三，大虎读高二。有一天晚上，小虎的父亲终于发话了，说，现在家里是供不起你们两个人读书了，但是读书是山里人的一条出路，思前想后，兄弟两人中，决定只让一个继续读书，这样可以减轻负担，另一个人回家种田，则可以增加收入。

父亲把话说到这份上，小虎就知道结果如何了。无奈的父亲为了证明自己没有偏心，还是把理由挑明了，大虎成绩好，而且将要考大学了，而小虎成绩差，整天捧着小说，小说能当饭吃？

但是，对小虎内心深处产生震撼的是父亲接着又补充了一句话：还有，大虎还近视啊！

多年后，在田里劳作的小虎，每当劳累之余，总是遥望远处连绵起伏的山脉。然后发出一声低沉的吼声：近视真好！

令人哭笑不得的是，在小虎二十五岁这年，近视却真的眷顾了他。于是，小虎一个人偷偷地跑到县城配了一副眼镜。将要踏进家门的时候，小虎却忐忑不安了。父亲将会说些什么呢？是不是像当年对他哥一样一声怒吼？

想不到的是，父亲看了他一眼，摇了摇头，叹了一口气，走开了。倒是小虎的老婆在一旁挖苦，哟哟哟，肚子没多少墨水，整天捧着一本书，现在还学人家戴起了眼镜。

小虎回敬了一声臭婆娘。

老婆也不甘示弱，说，好鞍配好马，人家大伯是城里的干部，戴上眼镜，那官模样就出来了，你呀，一脚泥一脚水的也戴副眼镜，像啥呢？

老婆一提到大虎，小虎就生出一个奇怪的念头，过几天，哥回来过年，看到他弟也戴上了眼镜，不知会说些什么呢？

几天后，大虎终于回家了，兄弟俩一见面，盯着对方，好像不认得似的。终于，大虎说了，你……你怎么也戴上眼镜了？小虎没有回答，反问，你……你怎么没戴眼镜了？大虎咧了咧嘴，嘿嘿，我刚做的手术，终于把眼镜给解放了。

小虎也跟着咧了咧嘴，想笑，却笑不出来。

耳　聋

　　十岁那年，"聋子五根"的外号伴随着不幸降落在五根身上。

　　没成为聋子前，五根和村里的其他孩子一样，淘气、调皮、捣蛋。那是一个槐花飘香的季节，这群被槐花嫂骂为野孩子的小伙伴，又看到村主任往槐花嫂家里闪了进去。孩子们蹑脚蹑手往槐花嫂家门口靠，然后拿耳朵往门板贴。

　　村主任不知什么时候神不知鬼不觉地出现在这群孩子的后面，静静地瞪着这群孩子拿脑袋往门板上挤。良久，他突然一声大吼。孩子们着着实实地吓了一跳，顿时作鸟兽散。村主任随手抓住其中一个，一个大巴掌往脸蛋里扣。

　　这个不走运的小孩便是五根。说五根不走运，是因为村主任的这一巴掌并不是故意冲着五根打，他是随机的，就像往抽奖箱里掏抽奖券一样。也正是村主任随机的一个大巴掌，开始了五根四十年的寻医梦。

　　十岁的五根，认为闯祸的不是村主任而是他自己，所以，五根不敢告诉父母，任那四条紫红色的手指印深深地烙在左耳旁。天黑的时候，五根像村主任闪进槐花嫂家里一样闪进自己的家，然后溜上床睡觉。

　　五根的父母知道这件事情，已经是第二天了。他们从五根枕头旁暗红色的血迹中顺藤摸瓜，然后弄清楚事情的来龙去脉。于是，他们带队去村主任家闹了，去槐花嫂家也闹了，但依然对五根的失聪于事无补。医生说，这一巴掌太毒了，当然五根自己也耽误了最佳的医治时机。

除了小时候发生在五根身上的这一件大事外，实际上，五根的人生跟普天下许许多多的男人一样，平庸、忙碌。而与普天下平庸而忙碌的男人不一样的是，五根的一生还在忙着另一件事——寻医。

五根发誓要治好自己的耳聋。五根的誓言有点子承父志的味道，因为，五根的父亲在五根发生不幸时，也发誓一定要医好儿子的病，哪怕是倾家荡产。为此，五根的父亲四处求医。五根的母亲，整天哭哭啼啼，说无论怎么样，儿子的耳聋一定要在娶媳妇之前好起来。只可惜天不遂人意。

接下来发生的，很符合事物的发展规律。到了五根娶媳妇的年龄了，五根往后拖了五六年，算是再正常不过的晚姻晚育。至于对象，属于是退而取其次，这不叫委屈，也属于正常现象，因为换位思考，对于五根的媳妇而言，也算是退而取其次吧。

五根结婚后，医治耳聋之事依然是父母心中永远的痛，但一切似乎尘埃落定，已远没有之前那么强烈。而这个时候，医治的火苗却在五根心中迅速燃烧。五根为此背上行囊，一边外出打工，一边求医。外出十年，走了很多地方，也寻访了很多医生诊所，耳聋未见好转，最后是双手空空回到家里。

就在五根也认命的时候，有人说，邻村来了一个老中医，专医耳聋。

五根并没有抱太大的希望，但既然在邻村，他也不想放弃这个机会。

五根来到老中医住所，说明来意。老中医显然没有听到，五根再说一遍，老中医却递给五根纸和笔，叫他写出来。

原来老中医也是个聋子！五根拂手而去。五根想，连自己也治不好的病，又怎能治好别人？五根走出门，想想觉得不可思议，竟又返回哀求老中医。而恰恰就是这一次，五根的耳聋被聋子老中医治好了。这一年，五根已年届五十。

重返有声世界的五根，似乎要寻找遗失声音的四十年，东走走西逛逛，整天耳朵竖得老高。

以往三五成群的邻居，聊起天来滔滔不绝，甚至大声嬉笑，当五根是透明的。现在当看到五根走过来时，不再像以往那样无所忌惮，变得欲言又止。

老婆以往打起电话来，该笑的笑，该骂的骂，恣意纵横，滔滔不绝。如今，拿起电话前，先瞧瞧五根有没有在，然后把声音压低。一个月下来，电话费竟然省了不少。

五根陷入了无尽的苦闷与忧伤。

陷入无尽苦闷与忧伤的五根，在一个人的时候，总爱回忆过去，回忆村主任的一巴掌，回忆失聪岁月的点点滴滴，回忆治好他耳聋的聋子老中医。

擅长治耳聋的老中医怎么会是一个聋子呢？五根想着想着，两行浊泪慢慢地爬了下来。五根举起左手，往当年村主任痛下毒手的位置狠狠地给了自己一巴掌。

从这一天开始，每天早上起床，五根来到这个有声世界的第一件事就是用左手狠狠地抽自己一巴掌，三十年从不间断，直到五根八十岁寿终正寝。

道歉时代

如果我问,你听说过赵一先生吗?

你肯定会答,废话,在 N 市,赵一先生大名家喻户晓,谁会不知道?

我再说,赵先生登报向我道歉了。

你会说,大话! 赵先生跟你认识? 赵先生怎么可能会向你一个小人物道歉? 你何德何能让赵先生侵了你的权? 你又有什么能耐让赵先生这位叱咤 N 市房地产界的大亨登报向你道歉?

我说,笨蛋! 赵先生登报公开向全市人民道歉的事你忘记了吗? 赵先生说不经意间对 N 市房价上涨推波助澜深表歉意你忘记吗?

你说,但这关你什么屁事?

我说,我不是 N 市市民吗? 赵先生向 N 市市民道歉,毫无疑问地包括了我,这么简单的道理难道你不懂吗?

当然,对于这样的事情,你可以认为无聊,也可以一笑置之,但是我想郑重告诉你的是, 自从赵先生向包括我在内的 N 市市民道歉后,我这几天心堵得慌,我甚至突发奇想,我也要公开道歉!

是的,我也想道歉,我想向赵先生道歉,我想登报公开向赵先生道歉! 之前,我总认为赵先生无非也是奸商一个,但是自从看了赵先生情真意切的公开道歉信后,我想,赵先生容易吗? 我与赵先生素昧平生，我怎么能对人家有看法呢？而且人家还主动向我道歉了，这让我不得不对过去自私的想法感到自责，因此，我也产生了想道歉的冲动。

当我翻开《N日报》找广告联系电话时，我又看到了《致全市市民公开道歉信》，我迫不及待、一字不漏地读了，咦，这回不是赵先生，而是N市的两大燃料公司之一的老板钱先生。钱先生说，他曾有捂油惜售的行为，他对N市油价上涨负有一定的责任，他向全市人民道歉，并率先在同行中作如下若干表态云云。道歉信下面还附有该司新出笼的一套服务方案。

我肃然起敬，钱先生也是好样的，以后加油就去他的公司！

于是，我对向赵先生刊登公开道歉广告一事犹豫了，这并不是打退堂鼓，而是我想，我也曾经错怪了钱先生，我不能厚此薄彼，我也同样需要对钱先生道歉。

正在我一丝不苟筹划我的道歉广告的这几天当中，令我惊讶的是，这一连几天，《N日报》每天都有道歉公开信刊登出来。

最令人们掉眼球的是我市的当红女星洪星小姐也出来道歉了。洪星小姐说，她为上次在电视采访中说了一些不雅的言语并伤害了N市人民的感情深表歉意。洪星小姐不是在事件之后仅说了一句表示遗憾的话但拒不认错吗，怎么也做出如此深刻的道歉了？

偶像一道歉，我突然感到洪星小姐又恢复了以往的青春与光彩。我还发现，在报纸的另一版面，是洪星小姐新专辑推出的整版广告，我想，如果我老婆知道了，肯定又会去抢购了。

除了洪星小姐，这几天公开道歉信真是目不暇接，先是某某肉品公司的孙董事长，接着是某某物资公司的李总裁，再接着又是陈CEO、张总经理……

全民微阅读系列

这太令我措手不及了,他们诚挚的语言感动了我的同时,也一次次打破了我的道歉计划! 我又经过几天的梳理,最后决定亲自前往《N日报》广告部。

我向广告部的郑经理表明了来意。郑经理听后哈哈大笑,说,报纸的广告至少已经排到了三年后,而且每天都在不断地增加广告版面,用洛阳纸贵来形容丝毫不过分。

郑经理见我满脸愕然的表情,补充说,你想想看,N市各行各业的各大公司都争着要刊登道歉广告,而且像你这样的市民有这样的想法也想刊登这样的广告的也大有人在!

我说,能不能通融通融,让我插队,让我的广告先刊登出去。我还表示,我不会亏待郑经理您,我会私下感谢感谢郑经理您的。

郑经理连忙摆摆手,说,不行不行,这可不行,你看,今天我们的《N日报》也刊登了我们报社的致全市人民的公开道歉信,我怎么可以在这个骨节眼上这么做呢?

郑经理的一席话,让我感到无比的沮丧,我悻悻地离开了报社。

回家的路上,我遇到了在市场卖猪肉的王二麻子。王二麻子刚收档也要回家,见到我,他抓住我的手,满脸愧疚地说,兄台,你经常帮衬我,我却短斤少两的,对不起呀! 我沮丧的心情突然一激灵,多朴实的老百姓啊! 我连忙说,都过去了,不提了,不提了。

我到了小区门口时,五金店的周老板看见了我,跑了出来,说,兄弟,对不起呀! 我一脸茫然。周老板说,之前卖给你的电灯泡、插座什么的多是伪劣产品,实在是对不起呀! 我说,你不说我还不知道呢,看来你也是老实人呐,下不为例就行了,我不怪你!

给王二麻子他们耽误了一下子，回到家时，已经是十九点了，我想，老婆肯定又生气了。果然，老婆听到我的开门声，从厨房跑出来，对着我喊，什么时候啦，什么时候啦，也不早点回来帮帮手！

望着老婆怒气冲冲的样子，我没了以往的唯唯诺诺，心中却是一阵狂喜，终于逮到一个道歉的机会了——我为我的迟归向你表示最诚恳的歉意！

老婆怔住了，她为从不道歉的丈夫突然的道歉感到愕然！老婆的脸霎时间多云转晴，老婆温柔地说，忙了一天，你累了，先在沙发上休息一下，马上就可以开饭了。

我躺在沙发上，厨房飘来一阵阵菜香味，而这时客厅的音响正在播放的是洪星小姐的最新专辑——《对不起》。

后道歉时代

自从我写了一篇叫《道歉时代》的小小说后，我的名声在 N 市响亮起来，道歉成了这座城市的一种时尚行为。

在最后一篇道歉广告完美收官时，郝市长突然作了电视讲话，郝市长声色俱厉地说，杜绝一切虚情假意的道歉，禁止各行各业人士利用道歉作秀。郝市长说这话的那天晚上，N 市市民在城市中心广场举行了声势浩大的文艺会演，庆祝道歉时代的结束。

我也激情澎湃地参加了这次晚会，我想，这下可好了，我也不用老是找借口向我的老婆道歉了。

可是，令我意想不到的是，道歉时代结束的次日，道歉依然没法避免，而且这是一个令人震惊的道歉！

事情是这样的，N 市管辖的一家煤矿出现渗水塌方事件，上百号矿工被困地下，生死不明。分管副市长反应特快，率先向市民做出了道歉。不过，这次的道歉是情真意切的，完全符合郝市长禁止利用道歉作秀的讲话精神。

副市长道歉不久，N 市首富牛十一也出来道歉了。原来，矿难妥善处理过后，有媒体对遇难矿工家属的生存情况进行了后续的报道，引起了社会各界的关注，有慈善机构为此发起了捐款倡议，一时间人们纷纷慷慨解囊。而这时牛十一郑重其事地捐了一块钱，并公开说不要让捐款成为一种负担等等。市民对牛十一的行为十分不满,更有人在网上发起抵制牛十一公司的产品。牛十一见势不妙,马上出来道歉。为了表示道歉并没有作秀之嫌,牛十一特地追加捐款 1000 万元。

我发现,在郝市长讲话后,道歉在 N 市还是层出不穷,不同的是,道歉确实是少了一些作秀或炒作。

最近的一次道歉是,N 市三狗牌奶粉厂被曝出婴幼儿奶粉含有三聚氰胺,引起了轩然大波。从董事长、总经理到有关部门都出来向市民道歉了。

这次的道歉是十分深刻与惨痛的,因为事件反映出来的问题对整个行业乃至各行各业的影响是巨大的。为此,郝市长非常生气,要求全市各行各业要进行一次地毯式排查,没有查出问题决不罢休。

一石激起千层浪。很快,整个 N 市忙碌起来了。

先是开发商赵一先生为之前策划抬高楼价之事再次出来道歉,为表达道歉的诚意,赵一先生宣布即日起其旗下的楼盘降价20%。接着,肉品公司的孙董事长为食品卫生也出来道歉,为与作秀划分界线,该公司决定停业整停……

让我意想不到的是,这股道歉之风还是不可避免地刮到了我的头上。那天,我在公司上班,经理找我来了。经理说,小杜,你也知道,我们公司总经理刚刚也向市民道歉了,为了贯彻上级的道歉精神,体现道歉的诚意与严肃性,所有员工必须进行一次自查自纠,并对自己曾经的过失进行道歉!

我诚惶诚恐,说,我好像没犯过什么错误吧!我担心一旦承认工作有过失,经理会借机扣我的工资或炒我的鱿鱼。

经理说,这么说你是一个完美的人了?

我说,经理你很会开玩笑呀,这世上哪有完人啊。

我没想到这话竟中了经理的圈套。经理大力地拍了一下桌子，狠狠地说，那你还不道歉？

我唯唯诺诺，我说，我……为我……无从道歉……而道歉……

经理生气了，说，瞧，你这不是在作秀吗？你这样说是不是想借道歉之名来告诉人们你是一个完美的人？你知道道歉作秀的后果吗？说完经理摔门而去。

我突然感到后果的严重性，是啊，经理说得对，人非完人，我能没有缺点吗？问题的关键是，我不能没有这份工作啊！

于是，我来到了经理的办公室，郑重地对经理说，我要道歉！

经理笑眯眯地看着我，期待着我的道歉。

我说，我为我写过一篇《道歉时代》而道歉。

经理说，为什么呢？

我说，您看现在的人们道歉水平之高，道歉技巧之娴熟，显然是他们在刚刚过去的道歉时代进行了彩排，得到了锻炼，而我的这篇小小说有推波助澜之嫌。

经理说，怎样能够证明你不是在借此机会在炒作你的《道歉时代》呢？怎样能够证明你道歉的诚意呢？

我说，为了表示我道歉的诚意，我决定写《后道歉时代》，引以为鉴！

经理咧了咧嘴，挤出一丝笑容，说，没有作秀，这才是真正的道歉嘛！

我松了一口气，庆幸我的道歉终于过了关。只是，当我提起笔来写我的《后道歉时代》时，我的内心深处却多了一份说不清道不明的不安与恐惧。

摩　擦

　　我的小车在这座城市的大路小道上时而昂首驰骋，时而匍匐前行。右脚在油门和刹车之间来回移动，见缝插针的超车战术和挤迫式的反超车战术交替运用，令我娴熟的车技在这挤塞的城市中发挥得淋漓尽致。即便这样，我急躁的心情仍然没法平静下来，我的思想早已飞回公司的会议室，剩下的是手和脚在驾驶座机械且高效地运作。

　　今天有一个重要的新客户前来我们公司洽谈业务合作，作为合作方案的策划者，公司安排我现场作 PPT 演示，这么重要的会议，我怎么能迟到呢？可是这见鬼的红灯、这见鬼的交通状况，大大地超出了我对路上时间的预计。

　　正在我在叫苦不迭的当头，更为不幸的事发生了。旁边的一辆宝马想强行超我的车，而我又没有丝毫的避让，宝马的车头撞到了我的车身。随着一声急刹声，双方凶神恶煞地从车里跳了出来，头往贴到的位置探，还好，仅仅是擦了一下，估计没什么大碍。

　　但我还是极其不满地怒斥他，你是怎么开车的？

　　想不到那人也不甘示弱，反问，有你这样开车的吗？

　　本来我想，这事情应该是他违规在先，既然没什么大碍，只要他态度放好点，自己吃点小亏也就算了。而且，关键是我没时间跟他拗，我还要赶回公司开会。

但是，那人竟然不买账，把责任往我身上推，还不断地在心痛他的宝马。

于是，大家也顾不得风度，在大路中间吵骂起来。而这时也让我有机会端详一下对方，只见他矮小的身材，一身的西装革履套在身上略显宽松了点，系着一条大红的领带，长长地几乎垂到跨下，因而特别耀眼，有点不可一世。而他深陷的眼睛，不时闪耀着商人般狡黠的光芒。

我想，在这紧要的关头遇到这种人简直是倒霉透顶了。见我退让，他却咄咄逼人，就像地摊上在讨价还价的买方卖方，双方咬得很紧，不留缝隙，无法回旋。

没办法，我只好拿起电话打了110。很快，交警来了。看了情况，拍了相片，把红领带叫到一旁，嘀咕一番。然后又找我，问，接不接受交警的调解？如果愿意就这样算了，没什么大的问题就各走各的。

因为要赶回公司开会，而且现在已经迟到了，我只能同意了。我想，如果不是要赶时间肯定不能就此罢休。想到无端给他拖了时间，心中愤愤不平，走时，恨恨地剜了他一眼。

红领带也恨恨地剜了我一眼，他也心中有气。

我钻进车，发动，起步，焦虑的心早已飞回了公司的会议室……

当我推开会议室的大门时，只见到老总一个人阴沉着脸坐着，我小心翼翼地问，潘总来了吗？

老总跳了起来，对着我咆哮，潘总？现在什么时候啦？！

我战战兢兢，塞车……刚才又出了点交通事故……

每次迟到总是拿塞车作为理由，能不能想想第二个？知道塞车为什么不提早点？说着，老总把手中的笔记本"啪"的一声往会

英雄寂寞

议桌一摔，恨恨地说，没有任何借口！

随着老总"啪"的一声，我突然缓过神来，原来这是我在等候绿灯时的胡思乱想，因为迟到，我实在太担心这次会议了。

实际上应该是，当我推开会议室的大门时，确实是看到老总阴沉着脸坐在那里。那个潘总，见到我进来，职业性地笑了笑，啊，杜经理来了，终于来了，今天时间也不早了，不谈了，咱们下次再谈吧，我还约了其他公司谈这个事情哩！

送走了潘总，老总没有我想象中的怒吼，他也职业性地笑了笑，你不用解释，我只看结果，不看过程，你知道该怎样做的。

原来有时候领导的笑容比生气更可怕，我突然感到后背有点凉，出冷汗了。我打了一个冷战，其实，这也不是事情发展的真相，这是我在焦急地等待电梯时的幻觉。

实际上应该是，当我推开会议室的大门时，天啊！潘总竟然就是刚才在路上跟我撞车的那个红领带！潘总见到我进来，蓦地站起来，指着我说，有他在，我绝对不会与你们公司合作！

我也义愤填膺，大声回应，我们也不会跟一个粗野、蛮不讲理、没有信义的卑鄙小人做生意！

红领带摔门而去，老总愕然地看着我，半天说不出话来。而我却感到无比的畅快淋漓，一直以来的超负荷的工作压力和刚才一路以来的焦虑，犹如决堤的洪水汹涌而来，一泻千里，即使等着我的是收拾东西走人，这也是何等的快意江湖！

但是，实际上真相也并非如此，这是当我的右手抓住会议室大门把手时的想象，我只觉得当我要迈进这个会议室时，我的心跳明显加快了，我有一种不祥的预感，我甚至想到今天所约的潘总会不会就是刚才遇到的那个红领带！

真实的情况是，当我推开会议室的大门时，天啊！这世界是何等的小啊！潘总果然就是刚才在路上跟我撞车的那个红领带！

我和潘总都惊讶地定格在老总的眼前，老总一脸疑惑，问，原来你们认识？

只见潘总脸上立即堆满了笑容，瘦削的脸颊顿时皱成一团，如沙皮狗般可爱。哈哈，不打不相识，不打不相识！潘总爽朗地说着，向我伸出了他的右手。

我马上报以一个见牙不见眼的笑脸，迎上去，握住潘总的手，说，哈哈，缘分，缘分呐，祝愿贵我双方的业务合作就像我们的小车一样，亲密无间，并擦出精诚合作的火花！

我的财商生涯

好像是著名经济学家阿·社说的，在经济全球化的浪潮里，一个人的成功，智商(IQ)是基本条件，情商(EQ)是充分条件，而财商(CQ)则是必要条件。

这样的一句名言，对于我这个毕业于某名牌大学会计学专业的高材生来说，应该是极大的鼓舞，但此刻的我并没有雅兴去论证这句话的合理性，因为我刚向公司递交了辞职信，心情糟极了。辞去财务经理的职务，无官一身轻的感觉那是绝对没有的，毕业五年，我已经换了七家公司了，此刻能够安慰自己的无非就是先贤们说过的诸如"天将降大任"之类的话了。

这个时候，我大学的一位同学兼舍友打了电话给我。他知道我的情况，他跟我说，我们同班的一位同学阿牛现在在某镇当镇长，你不要小看这个镇，这可是全国模范镇，是阿牛到任后发挥科班出身的优势，全力打造的会计之镇，你到那里去，找找阿牛，应该有很多就业机会。

阿牛我知道，会计之镇我也知道。想当年我是班长，还是学生会主席，阿牛是班里成绩最差的学生，毕业都差点成问题。成绩差是一方面，相貌长得像成奎安却偏偏又没有成奎安的身材是另一方面，于是，阿牛便成为我重点的"帮辅"对象。现在叫我去找阿牛，我可放不下这个面子，而且阿牛又会有什么样的想法呢？我心里没底。不过，会计之镇我倒是想去见识见识。曾经看过报道，说阿牛这位科班出身的镇长到任后推行了一系列施政措施，要求辖区内所有经营实体包括个体户都要做账，强化财务管理。用阿牛的话说，这样既有利于工商、税务等政府职能部门加强管理与监督，也有利于在镇里营造规范经营的氛围，同时还能创造更多的就业机会。最重要的是，让该镇居民在这样的一种强制性熏陶之下，财商得以锻炼与提升，最终走向致富之路。

果然，牛镇长实施新政一年，经济一派繁荣，成为名副其实的会计之镇。

就这样，我来到了会计之镇。我刚一踏上这里的土地，关于招聘财务人员的广告便铺天盖地汹涌而来，让我目不暇接之余感到不虚此行。不用费什么周折，我根据一个招聘广告成功应聘为某公司的财务经理，开始了我在会计之镇的谋生之路。

接下来我要告诉大家的是，在会计之镇的一年里，我像走马灯一样变换着我的雇主，供职单位从公司到商店再到摊档，岗位从财务经理到会计员再到出纳员，一年的时间里，竟换了八个老板，已经超过了前五年换了七次单位的记录。不过，话说回来，在这里唯一的好处是，从未遇过断档期，左脚刚从那一家出来，右脚就已经迈进了这一家。

即便这样，我还是决定离开会计之镇了，至于其中的种种艰辛，不说也罢。

在离开会计之镇前往汽车站的路上，我意外地遇到了我的大学同学牛镇长。我本想躲避，但已经来不及了。

虽然多年未曾谋面，牛镇长还是一眼认出了我。牛镇长满脸惊讶，班长你来了这里？你来这里干吗不打电话给我？

他乡遇故人，而且是在我最潦倒的时候，我竟然很不争气地热泪盈眶，激动地握住了老同学的手。牛镇长也很激动，不让我走，硬是把我拉上车，开到镇里最豪华的酒店，说怎么样都要请我喝一杯，叙叙旧。

几杯酒下肚，我把这几年来的苦水以及在会计之镇的种种辛酸全部倒出来。牛镇长听了后，拍案而起，说，这不是委屈了我们的班长了吗？这怎么可以呢？牛镇长说，失败乃成功之母，听你这么说，你这么多次失败的经历，恰恰就是一笔宝贵的财富啊！你就留在会计之镇吧，就在这里办一个财务人员再就业培训班，我全力支持你！

我接受了牛镇长的挽留，很快把财务人员再就业培训班办了起来。让我意想不到的是，前来报名的人络绎不绝，培训班生意很好。

后来，在牛镇长的鼓励下，在原来培训班的基础上，我创办了会计之镇财务人员再就业学校，生意竟然做得风生水起。

一个摊档的会计

这是我在会计之镇的第八次应聘，其实之前我早已萌生离开之意。那天，我突发奇想，会计之镇不是上到集团公司下至个体户都要求做账吗？我倒要见识见识个体户又是怎样做的。于是我便到一家牛杂摊档应聘去了。摊档老板真的很老。个个叫他老周。应聘那天，老周对我说，你别看我的摊档小，你要知道麻雀虽小五脏俱全，会计这玩意儿，我也懂一点，你就按镇里头的要求给我做好，咱不是公司，咱要求账目清楚、简单易懂就行。

我扑哧一声笑了，嘴中说好的好的，心里却想，这还不是小菜一碟？我首先是清点牛杂摊的家当，套用一个专业术语叫清产核资，以便逐一造册。老周对我这样的想法很满意，说，我倒要看看我的身家有多少啦。

当我把列着老周全部家当的财产清单拿给他看的时候，老周就有意见了，你怎么能够把我的煤炉、小木桌、小塑料凳说成是流动资产呢？我说，根据会计原则，固定资产是购置价一千元以上的，我问过你，这些价值都在一千元以下，所以都列入了流动资产。

老周摆摆手说，不成不成，我堂堂一个老板咋就没有固定资产了？这些实打实都是我的资产呀，谁都搬不走的，我说小李呀，咱是小摊档，你可要灵活处理才行。我说，好，你是老板，你说是固定资产就是固定资产。于是，我把老周摊档的物品全部列成了固定资产。心想,老周你这回该满意了吧。可是,老周又说,这些碗筷、勺子怎么又成了固定资产了?我说,之前我是把它们列入低值易耗品的,但是后来我想小木桌、小塑料凳都成了固定资产了,就干脆把它们全部都列入固定资产,这样方便,你不是强调过要简单、方便的吗?老周说,那可不行,做事怎么能这样马虎呢?这明明就是流动资产嘛。我说,这怎么又成了流动资产啦?

老周说,我这些家当呀,都是跟着我走南闯北,走到哪带到哪,这不就是流动的吗?特别是这个勺子,有我老周的牛杂面就肯定有这把勺!

我叹了一口气,成,你说是流动资产就是流动资产。

过了几天,老周的摊档因为违反有关规定,摆摊的家当给市容大队砸的砸,没收的没收。老周流着泪,边收拾边清点。第二天晚上,生意又照常营业,当然,老周又添置了一些新家当,一算,花了二百元。

我一边安慰他,一边给他记账。我说,这可是一笔不小的损失呀,就列在营业外支出吧。老周可能心情不好,生气了,大声对我说,这怎么能算在营业外支出呢?我解释说,这是在你经营过程中的偶然性支出,有别于与你正常的经营开支呀。老周连忙摆摆手说,不对,不对。我说,这又有何不妥呢?老周说,这是很正常的开支,市容队每个月来砸一次是很正常的呀,我早已经打入了正常的成本了,所以,这不能算是营业外支出,明白吗?

我给老周当会计,本来就是觉得好玩,老周你说不是营业外支出,那就当成经营成本吧,只要你喜欢。我说,成!

明确这一事项后,我又问老周,那么市容队杨副队长每天晚上(砸摊和有时遇特殊情况除外)基本上都会来吃上一碗牛杂面,这个账该怎样记?原来我是列在了应收账款,但是你说这是

全民微阅读系列

请杨副队长吃的，不收钱的，现在是不是参照砸摊的会计处理方法，列在经营成本里头？老周瞪着眼睛看我，说，你看你，你这个会计是怎么当的呢？这个就不用记账了嘛，不就是一碗牛杂面吗，我这牛杂摊汤汤水水的，多计一碗少计一碗看得到吗？真是死脑筋！听到我们在说起这事情来，在一旁吃着牛杂面的杨副队长马上凑过来，也对我瞪着眼睛，说，你说我是老周的经营成本，那我不就成为老周的负担了？你这是啥意思嘛！我说，我不是这个意思。

　　杨副队长显然生气了，说，我们容易吗？我们也要交差呀，不出来砸砸，我们做什么？没事做就意味着减员、下岗，再说，我们也要记账，业绩要靠数字来说话呀！我感到很恼火，我想，我是无法在老周这里做下去了，即便是玩玩，我不能这样没原则地做下去，我决定炒老周的鱿鱼。这时，老周走过来了，我正要开口，老周先说了，小李，现在我宣布，你被辞退了！

十三幺

赵局长喜欢搓麻将，牌艺精湛，是麻将桌上的常胜将军。更让对手闻风丧胆的是，赵局长擅长打十三幺。

打麻将的人都知道，这十三幺可是麻将中的巅峰之作，有的人几年都打不出一次十三幺，而赵局长有时一个晚上可以胡出几次，令人叹为观止。

虽然这样，能陪赵局长搓几围，能领略赵局长麻将桌上的风采，仍是下属们梦寐以求的活儿。

办公室李主任还是副主任的时候，就常是赵局长的手下败将。一次，李副主任抓了一副好牌，没几圈便是清一色定胡了，这本来是值得开心的事情，但李副主任从赵局长的出牌和神采飞扬中，断定赵局长又在做十三幺了。于是，几次自摸到手的牌都打掉了，最终迎来了赵局长的十三幺自摸。

哈哈，十三幺自摸！赵局长把摸到的牌大力往桌上一顿，再潇洒地做出推牌动作，兴奋得满脸通红。

啊？局长打十三幺？怎么看不出来？李副主任叹息着，把自己的牌也推倒下来，无不遗憾地说，我可是清一色筒子呀，给局长抢先一步了。

赵局长看了一下李副主任整整齐齐的一排筒子和面前打过的好几个筒子，心里若有所思，嘴中却哈哈大笑，也是好牌，也是好牌，就是运气差了一点。

后来,李副主任便成了李主任。

还有一次,人事科的小孙也有幸成为赵局长的牌友。这晚,赵局长运气欠佳,未能像以往恣意驰骋、畅快淋漓,难免心中有点情绪。你看,好不容易十三幺定胡了,摸了好多圈还是没摸到,心中恨恨地骂,敢情给那个小子扣起来了?赵局长似笑非笑,自言自语道,这红中怎么这么难摸呢?

红中?我就不信局长又是十三幺!小孙说着啪的一声,把扣了很久的红中弹了出来。

胡!赵局长佯作一声怒吼,小子,你的胆子可真不小呀,提醒你了,你还敢打?

小孙用右手狠狠地拍了一下自己的脑袋,很不甘心地说,我怎么这么糊涂呀,局长的话都敢不相信,失策,失策!

哈哈,麻将如用兵,真真假假,虚虚实实,关键是要善于观察。赵局长不失时机地教导了小孙一番。

小孙哭丧着脸说,学习了,学习了。

自此,小孙也成为赵局长牌局的常客,不久,小孙便成为人事科副科长。

日复一日,转眼间,赵局长到了差不多要退休的年龄了。

财务部的小钱想,再不想办法领教领教局长的牌技,恐怕就没机会了。于是,小钱花了不少心思,终于在一次晚饭后,有机会与赵局长、李主任、孙副科长同桌竞技。

赵局长对小钱说,麻将桌上无领导,你可要尽情发挥哦。

小钱说,那是,那是。

麻将搓着搓着,这时,赵局长的十三幺又呼之欲出。而小钱却毫不顾忌地打出了绝张北风。

年轻人打牌这么敢冲?胡!赵局长说着把面前的牌推倒。

十三幺？又是十三幺？好像还差两三个哩？小钱心中疑惑，但继而又激动起来，看来赵局长的这一推，把我升迁的阻碍也推倒了。于是，小钱故作愁眉苦脸状，说，唉，还不是自己已定胡了，博一博，没想到局长的十三幺那么快呀。

局长牌技实在是高！李主任也在为赵局长的十三幺兴奋着，但心里面正纳闷儿，局长是不是老眼昏花了，诈胡都看不清楚？

孙副科长也附和着，也纳闷着，看来局长心急呐。

而赵局长内心却嘿嘿地笑着，再不胡，就来不及了。

据说，这是赵局长任期内的最后一次十三幺了。退休后，赵局长就成了老赵，老赵也打麻将，但据说一次十三幺也没胡过。

仅与国际接轨是不够的

程三炳每次去拜访许总,总有一种昏眩的感觉。那高挑艳丽的前台接待小姐,那豪华宽敞的老总办公室,让程三炳不由自主地屏住了呼吸。

出来后,程三炳心里就直骂娘,我程三炳也是老总啊,怎么一在许总面前,我这个老总就特别的窝囊呢?不仅没有豪华的办公室,也没有漂亮的接待小姐,还要对他低三下四!

于是,三炳几次三番暗中发誓,有朝一日他也要像许总一样拥有漂亮的办公室和厂房,那时候,他要高薪聘请最漂亮的接待小姐,把许总给比下去。

可是,再怎么样,他还是免不了要看许总的脸色呀。许总是经营原材料的,这些年,原材料涨得厉害,一天一个价,不仅要先款后货,遇到行情波动还吊起来卖,偶尔资金紧张要拖欠几天货款,还得把他当太上皇供奉。

三炳想到这,心里就有气,这年头制造业难做,上游的材料供应商不给赊账,下游的经销商又经常拖欠货款,讨债还得当龟儿子。于是,三炳心里就经常发狠,一定要把公司做大做强!

三炳凭着一股不服输的韧劲还真是说到做到。公司一年一个样,没几年,就买了地,再一年,一座漂亮的厂房给盖了起来。

设计图纸时,三炳就特别强调,打开门做生意,这形象可是先声夺人呐,因此老总的办公室一定要上档次,公司大堂的设计也要豪华。那时的三炳，心里不断地在描绘着办公室的装修效果和接待小姐的音容笑貌。还有，鸟枪换炮了，名片上还要把"总经理"改为"CEO"，他得学学许总，人家两年前就这么叫了，套用时髦的用语，这是与国际接轨。

厂房落成后，三炳果然是精神抖擞。常言道，人靠衣裳马靠鞍，三炳的订单绵绵不断，最让三炳兴奋的是，一家世界五百强在华企业也准备找他合作。

那天，这家五百强企业一行人在 CEO 约翰逊的带领下，考察他的厂来了。约翰逊他们只在公司大堂晃了一下，就直接到流水线去了。三炳心里直叹气，可惜了，老外办事怎么就不同呢，也不到他豪华的办公室喝杯咖啡，还有，前台的接待小姐小唐也才嗲声嗲气地说了一句 Hello 就给晾在一旁了，亏他之前还专门请人给她做了一次英语强化训练呢。

一个星期后，约翰逊那边一直没消息，三炳急了，也没多想，开着他的奔驰直奔这家五百强。

保安问三炳，有没有预约？三炳说，没有。接着便自报了家门。没有预约不能进去。保安说着把三炳挡在了门外。三炳心里想，看到开奔驰的也不给通报一声？于是便掏出手机直接打了约翰逊的电话。约翰逊用别扭的普通话说，我们没有约啊。

三炳连忙说，是，是，我刚好经过这里，想起了您，想拜访您，不知您方不方便？电话那头停顿了一下，说，那好，刚好现在也有点时间，我与您谈五分钟吧！

三炳在保安室做了登记后，挂上了来访证，往办公楼走去。他边走边想，这五百强的办公楼又是怎么样的呢？

推开玻璃门，三炳很纳闷，所谓的大堂窄窄的，也就是十来平方米，设计很普通，也没设接待吧台，所以没有人来招呼他，通往里面的门关闭着,看不到人。这就是世界五百强企业?三炳不知所措地站了一阵,看到两边有几个大小不一的洽谈室,便挑了一间小的,坐了下来。天气很热,三炳想打开空调,但找不到遥控器。

这时约翰逊手里拿着遥控器出来了,开了空调,说声抱歉,便与三炳谈了起来。三炳问,合作的事不知进展如何?约翰逊说,现在还在研究。最后,约翰逊还委婉地告诉三炳,因为这次选的是长期的合作伙伴,所以注重的不是外表,而是实力与技术,还有合作伙伴的企业文化和经营理念。

回来后不久,三炳便召开公司管理层会议,提出要对公司的大堂进行重新装修,并结合约翰逊公司的设计格局把自己的设想简要地描绘一番。与会的人都说,这样的修改好像与整栋办公楼的风格并不协调,恐怕不好看吧?

三炳说,这不是好不好看的问题,这是与国际接轨的问题。

行政部经理说,公司刚装修不久,作这样的修改,要花费一笔钱呢。

三炳说,钱不重要。

人力资源部经理也说,这么一改,就没有前台接待了,那小唐往哪里放?

三炳无不惋惜地说,小唐就解聘吧。

人力资源部经理说,好不容易招进来的……

三炳打断他的话,人家世界五百强多精简,在人员编制上你作为人力资源部经理要多动动脑筋才行!

可是,许总昨天打过电话,还提起小唐哩。

许总?三炳沉思了片刻,说,大堂还是要与国际接轨,至于小唐嘛,就提拔为公关部副经理吧!

口　吃

　　唐糖凭着自己甜美的音质和一口流利的普通话被招进某公司热线服务中心当话务员。

　　令唐糖意想不到的是，原来当话务员绝不是一件轻松的活儿，热线电话此起彼伏，一天要接一百多个电话，除了声音要温柔、甜美，还要严格使用标准化的礼貌用话。一天下来，嘴巴发麻，腰酸背痛。而且，公司时不时就推出考核方案，抽查她们的工作录音，让唐糖她们绷紧了每一根弦。

　　由于上班太紧张了，下班后，手机一响，唐糖接电话时第一句话总是脱口而出："您好！请问有什么可以帮到您呢？"电话那头男朋友经常被逗得哈哈大笑。

　　有一次，有人打错了唐糖的电话，如果换成一般人，早就把电话挂了，可是唐糖用她甜美的声音客气地回应了几句，完了还脱口而出："欢迎您下次来电。"打错电话的男人第二天还真的来电了，说想约她出来喝咖啡。当然，唐糖并没有赴约，但男朋友还是骂了她没事找事。

　　男朋友还发现，唐糖的职业病似乎有越来越严重的倾向，而且已经不再局限于打电话。男朋友每次陪她出街，去银行取点款、去电信交电话费或者是去商场买点东西什么，唐糖的礼貌用话比柜台的服务员还要标准。按说，这也不是什么坏事，可是有些人习惯于得寸进尺，也不见得能礼尚往来。

那天,唐糖和她的男朋友去逛商场,有女人边走边打电话,一不留神碰到了站着选购东西的唐糖,手机也脱手掉到地上。唐糖吓了一跳,脱口而出说了声"对不起",对方见状,反而叫骂起来:"你挡什么路呀你!"还要唐糖赔她手机。唐糖的男朋友挺身而出,据理力争,把那女人骂得灰溜溜地走了。

这件事对唐糖的触动很大,于是发誓要改变她的职业病,克服自己不要把当话务员的礼貌用词不合时宜地用到生活当中。

自此过后,唐糖接手机,正想说"您好!请问有什么可以帮到您呢?"等她反应过来时,"您"字已经说出口了,便硬生生地把话收回来,于是,在"您……您……您……"后,接着大声说:"喂!"

唐糖去银行办事,以往她常说:"对不起,打扰了!"但是,现在却说成:"对……对……不,我要取钱!"

刚开始男朋友还夸奖唐糖有进步。可是,过了一段时间后,他发现唐糖说话不像以前那般流利了。再后来,他发现唐糖竟然有了口吃的毛病!

自从唐糖口吃后,工作的压力就更大了,压力加大,口吃又更厉害了。在季度的考核中,人事部门抽查了话务员们的工作录音,发现唐糖口吃,工作质量明显下降,于是便以工作达不到绩效要求向唐糖发出了解聘通知书。

唐糖很委屈,认为这口吃是职业病,公司不能这样炒了她。唐糖去了人事经理的办公室,唐糖惊奇地发现,人事经理办公室已经挤满了像她这样患了口吃被炒的话务员。原来服务中心二十个话务员都患有不同程度的口吃,其中就有十人因为口吃较为严重即将被解雇。

人事经理听了她们的来意后,哈哈大笑:"只有听说过当了话务员后说话更流利、更标准的,没有听说过反而成了口吃的!"

人事经理认为她们是无理取闹，强调一切按劳动合同办事。唐糖她们不服气，于是又冲到了总经理的办公室。

总经理觉得不可思议，他也不相信口吃是话务员的职业病这一说法的，但是，如果不是职业病，这样大面积的口吃又说明了什么问题？总经理想，那肯定是人事经理在招聘时出了问题。

总经理先安抚好准备解雇的话务员，接着就把人事经理给炒了。

新任的人事经理是原来的人事副经理，他上任的第一件事是继续留用这批话务员，他对总经理说："对她们进行后续培训远远胜过招聘新员工，另外，虽然职业病条例没有说到口吃是话务员的职业病，但是如果她们集体投诉到劳动部门，将会对公司造成很大的负面影响。"总经理觉得有道理，同意了新人事经理的提议。

新人事经理上任的第二件事是向总经理提出增加十个话务员岗位的要求。总经理不同意，说："前任人事经理要减员增效，你却唱反调？"新人事经理说："首先从工作量分析，现在二十个话务员是在超负荷工作；其次减员虽然可以节约工资开支，但由于人员不稳定，进进出出，频频为新员工举行岗前培训，培训的开支更大。"总经理说："我给你算总账，要求你比去年节约开支10%，至于话务员是增是减你看着办。"

让总经理意想不到的是，新人事经理还是固执地增加了十名话务员，由于人员稳定，一年后这账一算，这总费用还真的降了10%。

更让总经理匪夷所思的是，再也没有听到话务员有口吃的说法了。

狐　臭

大一下学期,唐果接受了一个同班男生的追求,开始了她的初恋。他们一起下课,一起到饭堂吃饭。夜晚的时候,他们手牵手,走在校园里的林荫小道上。

经过一个暑假后,他们的感情如同天气一样进一步升温。南方九月的天气依然炎热,他们久别重逢的第一个晚上,就迫不及待地出来纳凉。闷热的空气中,男生闻到了一种令人窒息的恶臭味。

男生皱了皱眉头,对唐果说,好像附近有垃圾堆,我们换个地方吧。

于是,他们又找了一个地方坐下来。一阵微风吹过,男生又闻到了一种令人作呕的味道。

男生捂住鼻子和嘴巴,说,是不是死猫死狗的味道?

唐果无语。

男生觉得奇怪,又问,难道你没闻到吗?见唐果没有回答,男生还特地用左肘碰了她一下。

唐果终于忍不住了,霍然起身,恨恨地说,你一个大学生,难道不知道这是狐臭吗?

无疑,唐果的自尊心受到了伤害,她决然与他分手。

大三时,唐果又和同级的另一个男生拍拖。正当他们的爱情渐入佳境时,男生发现了她有狐臭。这位男生比前位聪明,不仅知道这是狐臭，而且当时也没有直说。后来，这个男生渐渐地疏远了她。

唐果当然知道问题的症结所在，伤心之余，在校期间竟然不敢再谈恋爱了。

毕业后，唐果分配到一个好单位，加上又是刚出来工作的大学生，追她的人特别多。

唐果左挑右拣，最后选了同单位的一个副科长建立了恋爱关系。这一来二往的，副科长便发现唐果有狐臭，最后不无遗憾地提出了分手。

接着，唐果又谈了几次，每次都是因为狐臭的问题，黄了。就在唐果差不多要失去信心的时候，有位男士信誓旦旦地对她说，他爱的是她的内在美。

唐果很感动，想起之前那么多次恋爱失败的经历，于是把丑话说在前，告诉他，她有狐臭。想不到的是，这人一听，大冷天的，竟捏着鼻子，逃了。

这件事对唐果的打击非常大，而且追求者渐渐稀落了。随着年龄的增大，唐果开始为自己的终身大事焦急起来，一个人偷偷地跑了好几个医院，想治治这个婚姻路上最大的绊脚石，可是一直都根治不了。

单位里的刘大姐看到了唐果的烦恼，经常跟唐果说些贴心的话。

刘大姐说，这事情得两条腿走路，狐臭要治，但是谈恋爱也不能停下来，如果再过几年，成了大龄青年，择偶条件又要打折了。

刘大姐是个热心人，还帮忙给唐果介绍了几次对象。可是，不久，人家就来投诉她，说唐果的狐臭实在太难闻了。

刘大姐还带着唐果问过老军医，也到农村里找赤脚医生吃过家传秘方，但都没效果。

正当唐果对爱情彻底绝望的时候，刘大姐的一席话温暖了她受伤的心。那天，办公室就剩下唐果和刘大姐两个人。

刘大姐说，像你这种情况，如果狐臭治不好，还是要找一个老实巴交的人给嫁了。

刘大姐又说，我再给你物色一个吧！

要是换在以前，唐果准会问，长相？身高？职务？这回呢，唐果悻悻地说，人只要实在就行。

刘大姐突然压低声音说，趁现在天气凉爽，你们秋天见面，冬天发展，到了明年春天再张罗张罗，赶在夏天来临前把婚给结了。

果真，第二年春天，唐果就结婚了，开始了她庸碌的婚姻生活。

转眼间，夏天来了。这是唐果与她老公认识后的第一个夏天，唐果开始惶惶然了。虽说木已成舟，而且肚子也隆起来了，但是老公如何看待她的狐臭呢？

整个夏季，老公都沉醉在快要当爸爸的喜悦中，对唐果的狐臭不闻不问，完全不当一回事。唐果很感动，好几次欲言又止。

那是在一个闷热难耐、汗流浃背的夏夜。唐果终于忍不住了，她问老公，你有没有闻到一种异味？

老公说，没有啊！

老公又说，我鼻子一直都不行的，你不知道吗？

唐果很奇怪，是呀，我怎么不知道呢？

霎时，因为夏天来临而产生的焦虑与惶然已荡然无存，唐果感到一种前所未有的轻松，顶着大肚子的腰板突然也硬了。

紧接着,唐果又愤愤不平起来,他的鼻子有问题怎么瞒着我呢? 我咋就这么轻易地嫁给这个平庸的男人了呢?

唐果还想,如果有朝一日我的狐臭治好了,那不是便宜了这个男人?

腰椎间盘突出

一天,张三在公司时,突然收到一条短信息,一看,是朋友发过来的:"血压高,血脂高,职务不高;政绩不突出,业绩不突出,腰椎间盘突出。"

张三忍俊不禁,想起了好朋友李四。李四前段时间患了腰椎间盘突出,经常跑医院。关键是李四真的是业绩不突出,在政府部门混日子,自从腰椎间盘突出后,班上得更轻松了,即使现在已基本恢复了,还经常拿那条腰说事,迟到早退是常有的,有时还能借故请请假,领导也只能是睁一只眼闭一只眼。

张三想,这是对李四最形象的写照啊,于是张三便把短信息转发给了李四,当作好朋友之间开开玩笑,揶揄他一下。

李四收到短信息后,哈哈大笑,复了一条短信息给他:"兄台可要保重身体啊,你那公司忙,老板又抠门,可患不起腰椎间盘突出。"

不幸的是,这真的给李四言中了。大概一个月后,张三感到腰痛臀痛腿也痛。于是,他跟老板请了半天假,去医院一检查,竟然也得了腰椎间盘突出。

张三大惊失色,又想起了李四,连忙打电话把李四叫过来。

李四一见面,嬉皮笑脸地说:"你是业绩突出,腰椎间盘也突出啊!"

张三哭丧着脸说:"叫你过来是想听听你的意见,你有经验,找哪个医生比较好,还有该要注意些什么?"

李四说:"这还用说,我不就特地请假跑过来啦!"

玩笑归玩笑,李四深知腰椎间盘突出之苦,于是,他跟着张三忙乎起来,还把自己认识的本市最权威的专家介绍给他。

专家看了张三的情况,摇了摇头,建议张三做物理治疗,住院做拉引,这需要两三个月的时间。专家开了一个请假证明给了张三。

张三回公司后,向老板请假。张三的公司是私营企业,老板一听张三得了腰椎间盘突出,就皱皱眉头。再听张三要请病假三个月,就差点跳起来。

老板说:"一个萝卜一个坑,你请假了,你这份工作谁干?"

张三说:"但是,有病总不能不治是吧?"

老板说:"腰椎间盘突出还真是麻烦,请假三个月不说,以后还得要养尊处优的,你还能适应现在的岗位吗?"

老板顿了顿,接着又说:"我看这样吧,干脆你就直接安心养病算了,你的劳动合同不是差不多要到期了吗,就不续签了。"

张三说:"这样对我公平吗?"

老板说:"这你不用担心,一切按劳动合同办。"

张三说:"我一直都在努力工作,以前是,今后也是。老板你就客观地评价一句,我的工作业绩突不突出?"

老板说:"客观地说,你的工作业绩很突出!小张啊,我这是爱护你,等你病愈了,你要再来公司打工,我是欢迎的,那时候我再安排一个适合你的岗位,这不是很简单吗?"

张三知道老板在敷衍他,愤愤不平,转身就走。

刚走出大门,就听到老板一个人嘀咕道:"哼!腰椎间盘突出了,以后业绩还会突出吗?"

张三很气愤,回到自己的办公室收拾东西,看到有一些资料还没交给老板,没办法,还得往老板办公室跑。

来到老板办公室门口,就听到老板与副总经理在说话。

副总经理说:"他的位置确实重要,但是,我们可以物色其他人顶替他,这对公司应该没有什么大的影响。"

老板说:"我是担心他这个病以后还能像现在这么没日没夜地干吗? 还有,公司以后总不能养个病号,你说呢?"

"炒掉他,符合公司发展的长远利益,您也不必自责,"副总经理说,"我看有时候小张干得也不咋的,若业绩突出,腰椎间盘会突出吗?"

张三听到这里,眼睛一黑,差点气昏过去了。

痔　疮

　　宋多长痔疮,整个单位便沸沸扬扬起来。这并不是宋多的痔疮长得惊天动地、与众不同,而是宋多常常利用他的痔疮与领导闹别扭。领导安排他干走路的活,他说他有痔疮干不了;领导安排他干坐着的活,他又说他有痔疮不宜久坐。领导拿他没办法,就当单位养了一个闲人,反正在国有单位里多一个闲人也不多。

　　领导调走了,来了一个新领导。

　　新领导办事雷厉风行,容不得单位里有吃闲饭的人,便安排一些工作给宋多做。宋多还是拿他的痔疮当挡箭牌。

　　单位里的人想,老领导长得粗粗壮壮,煞是威风,都治不了这个油腔滑调的宋多,新来的领导长得斯斯文文,怎能治得了宋多?

　　领导很生气,说,这是哪门子的痔疮?如果是做不了事,就把它治好再来上班,既然上班了就应服从工作安排。

　　领导本是给他一个下马威,要他收敛收敛。没想到,宋多也想,新领导刚上任,不能就这么轻易束手就擒。

　　第二天,宋多向领导递上了请假条,说是长有痔疮,痛苦难堪,要求请假两天。

　　领导心想,你是存心搞事,如果我跟你讲太多道理,按现在流行的说法就是信息不对称。想到这,领导竟然莞尔一笑,在宋多的请假条上面批了"十男九痔,不设痔假"八个大字,退回给宋多。

同事看到宋多刚才雄赳赳气昂昂地进去，现在却灰溜溜地出来了。再看到领导在他请假条上批的八个大字，个个都捂着嘴在笑。

宋多也深谙与领导斗也要讲究你进我退的策略。宋多这几天一方面老老实实上下班，一方面心里在琢磨该如何反击一下。几天后，宋多又心生一计，再次向领导请假。宋多想，既然长痔疮不能请假，我就不讲长痔疮，我改个说法，说是肛门发炎，看你有什么办法。

宋多把请假条送给了领导。领导看了看，面无表情，示意宋多把请假条留下，人先出去。

宋多出来后，洋洋得意地跟同事说，这回假期还不批给我？

话刚未落，已有同事把领导批好的请假条带出来交给宋多。大家一看，哄堂大笑。这个宋多平时混日子惯了，一张请假条竟有好几个错别字，领导一一用红笔圈出来了。让大家喷饭的是，这个宋多竟然把"肛门发炎"写成"肛门发言"，偏偏领导特地把这四个字用红笔圈出来后，在旁边批了两个大大的字——"屁话"！

只见宋多的脸红一阵、紫一阵的。宋多想，这个领导真的惹不起。可是，宋多有了这种想法时似乎已经迟了。

第二天，人事科长把宋多叫过去，对他说，单位要进行岗位轮换，考虑到你有痔疮，既不能干坐着的活，又不能干站着的活，那只能干蹲着的活，所以，为了照顾你，决定调你到工程部，你知道，咱单位里的工程，累是累了点，但多数是要蹲着施工的，最适合你了。

宋多的脑袋"嗡"的一声，就差点没昏过去。宋多向人事科长求情,请求不要调动。人事科长说这是单位领导班子的决定。宋多再托人向领导说情,领导说定下来的事情不可能再改动了,关键还是要看宋多今后的工作表现。

宋多含泪去了工程部,自此,竟革心洗面,努力工作。三个月后,宋多打了一份关于申请工作调动的书面报告给领导,要求调回原岗位。

报告交上去了,如石沉大海。宋多好像有所感触,再过三个月,他给领导写了一份感谢信,而不是调动申请。宋多在信上说,感谢领导对他的关怀与帮助,给了一个让他自省自新的机会。他还要感谢领导对他这次的安排,是出自对他身体的关心,让他有条件治愈了痔疮。

感谢信交上去,没过多久,领导真让宋多调回了原岗位。失而复得,宋多感慨良多,心想,毕竟是领导啊,还是喜欢听好话,早知道先写感谢信,就不用在下面多挨三个月的苦了。

那天,宋多遇到了领导。领导笑呵呵地问他,现在痔疮没发作了吧?

宋多唯唯诺诺,已经治好了,以后再也不敢发作了。

领导又问,知道为什么调你回来吗?

宋多马上赔着笑脸说,是不是感谢信写得好,我可是发自肺腑的……

领导说,你的第一份报告,有十七个错别字,后来的感谢信呢,洋洋上千字,竟然没有一个错别字了。

领导说着就走了。宋多看着领导的背影,嘴巴张得大大的,一时合不拢。

脚 气

老中医治脚疾,远近闻名。什么疑难杂症找到他,无不药到病除。

有一天,来了一位患者,说是有脚气,每当吃完晚餐就奇痒无比,药店里的这膏那霜都试遍了,还是无效,于是慕名而来。

老中医端详了来者的双脚,问他是什么时候开始的。

那人答道,当主任时就时有发作,那时经常有人请我到沐足城,一沐足,双脚的感觉就很舒畅,就很轻松。但是,自从主任的职务被免掉后,就再也没人请我沐足了,于是双脚又开始痒了,而且现在是越来越痒,越来越严重了。

老中医说,既然这样,你应该去沐足城呀,不应该来我这里呀。

那人说,不瞒你说,刚开始那些天,我脚痒难忍,于是一个人偷偷地去了几趟,但那是花自己的钱啊,根本就轻松不起来,而且我总不能天天去,你说是不是?

老中医呵呵笑道,治你这脚气,好办。

说着,老中医起身取出一小包白色粉末,对那人说,分三次,每晚一次,放进热水中泡脚十分钟,包你药到病除!

那人连连道谢。

半年后,那人又来了。

老中医觉得奇怪,问他,上次不是治好了吗?

那人说，你的药太灵了，三天过后，这脚气真的就好了。

老中医说，那现在是不是又复发了？

那人笑道，不是复发，是我复出了，上头领导又换了，新领导赏识我，又让我当上了主任。

老中医说，这是好事呀，那你今天来是……

那主任压低声音说，我想再次患上脚气，我想复发。

老中医惊奇地看着主任，从医几十年，还是第一次听到不是来治病而是来讨病的。

主任说，自从重新当上主任后，请我吃饭沐足的人又多起来，现在再去沐足，却觉得索然无味，与以前大相径庭，我一思忖，原来是没有脚气，少了那种瘙痒的感觉，令沐足的乐趣荡然无存！

怕老中医不信，主任还说，你不知道，那瘙痒的双脚给捏捏按按然后又回归轻松的感觉是何等惬意啊！

老中医说，可是我这里只负责治脚疾。

主任说，我知道你行的。医生的职责是让病人身心舒服，是不是？而且，这是我主动要求的，一切后果由我自负。

老中医说，也罢。

老中医又给了主任一包白色药粉，还是分三次，每天一次，放在热水中泡脚十分钟，可令脚气复发。

又过了半年，有位妇女找老中医来了。妇女看到老中医很激动，说是她老公特地千叮嘱万叮嘱，要她来找他的。

老中医一问，才知道妇女就是之前那主任的老婆。

妇女说，我老公的脚气又患了，现在奇痒无比，痛不欲生。

老中医觉得奇怪，说，你老公还喜欢脚气呢，脚痒正合他沐足的爱好呀。

这话说得妇女泪水涟涟,他现在给抓进去了,如何再往沐足城跑啊!

老中医叹息道,其实,你老公病的不是脚,换句话说,他的脚根本就没有得过脚气,上两次,我给他的都是面粉,这次,你不妨也给带点面粉进去,但是千万不要告诉他。

三天后,妇女又来找老中医。

妇女告诉老中医说,她托人带进去了,泡了三天,里面传话出来,还是奇痒无比呀!

老中医摇了摇头,说,看起来,你老公这回是真的得了脚气了。

英雄寂寞

密码时代

我近来很郁闷。

自认为记忆力胜人一筹，善于应对日益繁多、五花八门的密码的我，这回还是栽在了密码上。

其实，单位操作系统的密码我是记得很牢的。也就是说，我并没有忘记密码，我忘记的是没有在规定的期限内进行修改，因此导致我的 ID 给系统锁定了。没有定期修改密码与丢失密码一样是单位密码管理制度所不允许的，为此，我不仅被单位通报批评，还给扣罚绩效工资五百块钱。

我绝对没有抱怨制度的严厉，而是我认为以我超人的记忆力，栽在这个问题上很不值，也让我很没面子，当然，我更心痛给扣罚的五百块钱。

痛心之余，我也分析了问题的症结所在。其实，原因也很简单，这段时间以来，爸爸住院了，到现在还没有醒过来。于是，我奔波于家里、单位和医院之间，正常的生活给打破了。于是，我把修改密码的事给忘记了。

我正愤愤不平时，电话响了，是老婆打来的。老婆在电话那头凶巴巴地说，你中午去医院送饭。由于心情不好，我大声回应，不是说好今天你去送的吗？想不到老婆更凶，叫你送你就送！

知妻莫若夫。我知道，老婆的 QQ 密码昨晚给黑客盗取了，正心痛里面的 Q 币，与一大帮网友也突然中断了联系，一个晚上心烦意燥,不停地说以后的日子怎么办。这样的遭遇能有心情去送饭吗?

两个人心情都不好,那只有我先收拾心情了。我一进病房,弟弟就说,哥,医院又催交押金了,这回还是你先垫上吧。见我不出声,弟弟又说,前两次是你付的这我知道,今天一早我去了银行取款,可是银行的人说密码错了,我想是我密码忘记了,没办法,只能挂失,但是要七天后才能取。

我脱口而出,又是密码,又是密码!

弟弟一听,很不自在,说,一分添作五,爸爸出院后咱们再结算嘛。

在一旁的妈妈一听,马上打圆场说,我和你爸爸都有点钱,在你爸的存折里,你们去把钱取出来吧,住院费就不用你们出了,你们一个打算买车一个打算买房,经济也比较紧。

我说,这不成,爸爸还没醒过来,就取他存折里的钱,他会不开心的。

弟弟也说,是呀,这样做他会生气的。

妈妈说,这钱生不带来死不带去,这是我的主意,你爸醒来后我会跟他解释的。

我说,这倒是,上次带爸爸看病,我要付款,他硬是不肯让我付,结果是他付了。

弟弟也说,有一回,我给爸爸抓药,一百六十块钱,回来时爸爸硬是塞给我两百元呢。

妈妈说,就是,我俩死了,这钱还不是留给你们兄弟俩? 说着,把存折递给了弟弟,又说,密码就是你爸的生日。

弟弟拿着存折马上出去了,一阵子就从银行回来了。一进门就说,密码不对哦,不是爸的生日,我还试了妈的生日、家里的电话号码、123456、888888，都不对，我记得上次爸爸叫我帮他取钱，是用你们的结婚纪念日的，我也试了，也不对！

这老头子，又改密码了，可是改成什么密码他没跟我说呀。妈妈有点不高兴。

我说，我想起来了，上个月我也帮爸爸取过一次钱，是你们结婚纪念日倒过来的数字，让我也去试试看吧。

于是，我也去了一趟银行，输了这个密码，竟然不对。我再试了几个爸爸可能用来作为密码的数字，也不对。把所有想到的数字通通倒过来再试多一次，还是不对！

看到我垂头丧气地回来，妈妈焦急了，不停地唠叨，这老头子究竟又改成什么密码呢？如果醒过来后把密码忘记了怎么办？如果两脚一蹬去了那不是密码就没人知道了？

我说，密码忘记了可以挂失的，但是一定要本人去办，要是爸爸有个三长两短，那手续就很麻烦了。

弟弟说，关键是现在没办法取到钱啊。

于是，爸爸的密码就成为全家人的一个心病。

还好的是，没多久，爸爸便醒了过来。爸爸一醒，全家人都开心地围拢过去。

妈妈先开口说，老头子，怎么你存折的密码又改啦？

你怎么知道我的密码又改了？哦，没经过我的同意，你们竟然拿我的存折去取款？爸爸生气了。

妈妈说，这是我的主意。妈妈接着问，你的密码究竟是多少呀？

爸爸手一挥，说，没有密码！

妈妈说，不就是密码吗，不说就不说嘛，看你生什么气呢？

我和弟弟马上打圆场，爸爸刚醒过来，先不说密码的事。

爸爸欠了欠身子,提高了嗓门说,我不是说了吗？没有密码！看到我们个个都一脸茫然，爸爸又说，没有密码是指没有设密码,没有设密码你们偏偏要输入密码,这钱怎么能取得到呢?

爸爸说着,脸上竟绽放出苏醒后的第一次笑容,笑容中闪烁着的,还有几分狡黠。

剩女时代

　　"赵薇怀孕"和"高房价"本来是两个风马牛不相及的话题，可是余丽竟然愤愤不平地把两者联系在一起，并固执地认为，这两者之间有着必然的、内在的关系。

　　姐妹们都笑弯了腰，一个是充斥娱乐版面的八卦新闻，一个是涉及民生的经济话题，相差一万八千里，这怎能扯得上关系呢？更何况人家赵薇远在新加坡，跟咱们Ｓ市一点都不沾边。

　　余丽反问："之前，赵薇可是剩女们尊崇的楷模，是剩女中的精品，可是，现在人家竟然秘密结婚了，倒是把我们推向了风口浪尖。"

　　这话说到了这群剩女的心坎上了，她们无不遗憾地叹了一口气，不为赵薇，是为她们自己。

　　余丽说："之前，我妈妈催婚，我总是拿赵薇当挡箭牌，人家赵薇还大我一岁呢。我妈喜欢小燕子，那《还珠格格》可是看了又看，绝对的超级粉丝，现在看到偶像都结婚了，催婚可是变本加厉了。"

　　"可是，这关高房价屁事？"

　　"我问你们，赵薇怀孕是不是给我们结婚带来了巨大的压力？"余丽说。

　　"是。"

　　"结婚是不是需要房子？"

"没错。"

"你们是不是无房不嫁？"

"绝对是！"

"姐妹们，请你们注意，婚房已经深入影响了我们的婚姻行为，无良的开发商正是抓住我们无房不嫁的心理，一个劲儿地加价，而我们因此也成为高价房的牺牲品！"

余丽的一席话听得在座的姐妹们一个个目瞪口呆，无言以对。

"我们不能再剩下去了，我们更不能做高价房的牺牲品，我们必须要抗争！"余丽慷慨激昂地说。

"我们又如何抗争呢？"

"开发商必须为我们成为剩女负责，必要时，我们把开发商告上法庭。"

"开发商那么多，告谁呢？"

"没有明确的侵权主体，如何告？"

"说的也是，"余丽说，"告不了开发商，也不能让开发商好过，我们发动所有的剩女们，对开发商开展一场抵制活动。"

以余丽雷厉风行的个性，果然在网络上掀起了一场对"高价房"声势浩大的讨伐活动。一时间，围绕"剩女"与"高价房"展开了激烈的讨论，人们对"剩女"沦为"高价房"的牺牲品深表同情的同时，矛头直指制造"高价房"的开发商。特别是在 S 市，以余丽为首的剩女们在网络上组成了一个"剩女联盟"，连一些计划买房的非剩女也加盟进来，大有将 S 市的新开发的楼盘变为"剩房"的气势。

开发商那边自然不会坐以待毙。地产大亨赵二首先跳了出来，反驳说，剩女之所以是剩女，是与女性经济独立、社会地位不断提高分不开的，当今造成高价房的原因除了土地财政的直接影响外，剩女们叫嚷"无房不嫁"也间接造成供求关系的潜在变化以及人们对房价的心理预期，因此，不是高价房造就剩女，而是剩女自己在某种程度上推高了房价，是剩女们陷开发商于不仁不义。

赵二的厥词一出，关于"剩女"与"高价房"的争论进一步升级。以余丽和赵二为首的正反双方吵得不亦乐乎，他们不仅在网上打口水战，还在报刊上发表言论批来批去，甚至上电视进行现场辩论。

就在这个时候，赵二推出了他的新楼盘，新楼盘的名称让人大跌眼镜，赫然叫"剩女时代"！

赵二解释，这是一个专门针对城市职业女性而推出的以小户型为主打的新楼盘，特别是针对单身女性而设计的单身公寓，糅合了很多人性化的元素与理念。

赵二还说，新楼盘叫"剩女时代"，就是要让剩女们买得起房子！

不久，又传出余丽被赵二挖走了，去了他公司当销售部经理。

听到这个消息后，之前与她同一阵线的姐妹们纷纷打电话求证。余丽在电话那边笑着说，作为一名成熟的职业女性，应该理性地对待生活与工作的关系，更应该理性地以对待婚姻与房子的关系，怎能感情用事呢？

余丽还说，过来看房子吧，我给你打折。

新楼盘受到了相当部分女性尤其是一些大龄单身女性的青睐，她们果真在余丽那里或多或少都得到一些折扣。

贡　梨

第一次吃贡梨是在二十年前

复旦大学南门侧门

她没见过那么大的梨子

也不知道梨子可以粗糙而甜蜜

广东的地摊上什么都有

后来她在超市的货架上看到：砀山贡梨

才知道一切都已经过去

——杨凯毅《贡梨》

一

女人信缘。当单位安排她到 S 市进行业务培训时，女人心里咯噔了一下，大学时期的前任男友就是在这座城市上班，届时见不见面？

培训了几天，思想也挣扎了几天。刚开始，女人总是这么认为，主动给他电话，这说明她放不下他。但到了最后一天，女人突然来个一百八十度转弯，既然来了，不主动给他一个电话，那才是真正的放不下呢。于是，女人迅速掏出电话，好像生怕自己突然会改变主意。

　　电话那头，男人很意外，意外之余又有点兴奋。男人责怪她来了这么多天才给他电话，说今晚一定要请她吃饭，就定在她培训附近的一家餐馆，他马上订房。男人详细地告诉她餐馆具体的位置，还特地强调这是一家很有地方风味的餐馆。当然，女人从男人的话中解读到他的不容推托和对见面的期待。这让女人很受用，这也验证了这么多天来激烈的思想斗争中最终她的决定是正确的，虽然这是她自己与另一个自己在对抗。她甚至突发奇想并且固执地认为，这是她在与他的交锋中取得了完胜。

　　下课后，女人就直接走路来到餐馆，很好找，想想男人说得不厌其烦未免有点婆妈，几天下来，她已隐隐约约知道餐馆的位置。

　　女人先到。包房简约而温馨，正是她喜欢的风格。女人等候时，一直在猜想见面时该是什么情景，还没理出最有可能出现的一面时，男人就到了。男人人到声到，不好意思，真的不好意思，让你久等了。

　　似乎是职场应酬的客套话，这多少让女人有点意外。更让女人意外的是，男人身后还跟着一个女人，男人介绍，这是她的女朋友。

　　女人疑惑，哪有带着女朋友见前女友的？女人又想，或许，他只是跟她说，带她见见他的大学同学呢。但无论如何，看来，今天给他打电话，多少还是显得有点不合时宜。

　　女人想，既来之则安之吧。

　　上菜了，男人不忘给她介绍每一道菜的特色，并结合当地的风土人情，声情并茂，俨然就是一个专业的导游。他的女朋友却像一个热情的女主人，配合男人的讲解，不是给她夹菜就是招呼她多吃点。

看他们一唱一和，女人反而释怀了，当男人和他的女朋友送她到招待所时，她竟然热情地邀请他们上去坐坐。

女人和男人像打开了话匣子，开始侃起大学时期的鸡零狗碎，当中不乏东家长西家短，他的女朋友则在一边兴致勃勃地听着，像一个忠实的听众。

说着说着，女人突然说起了贡梨，说那是她第一次吃到贡梨，她从来没见过那么大的梨子，也不知道梨子可以粗糙而甜蜜。男人笑了，说，这就对了。说完，他转身在他带来的环保袋中挑出了一个最大的贡梨，你不知道吗，砀山离这里仅几十公里，可以这么说，这里的砀山贡梨最正宗也最新鲜。男人又补充道，刚才来的时候，特地买了一大袋给她带过来的。

女人很感动，他终究没有忘记。

男人说着晃了晃手中的贡梨，尝一个吧。

女人遗憾地说，这里没水果刀。

男人又在袋子里掏出一把水果刀，得意地说，买贡梨的时候，他女朋友特地到对面买的，说招待所肯定没有水果刀。

男人削梨的动作既熟练又快捷，削出来的梨皮则很薄，打着转，中间不会断——还是跟当年一样。

女人接过圆润多汁的贡梨，百感交集，很久没有人给她削过水果了，在这里能再次吃到他亲手削的砀山贡梨，也算是不枉此行。

男人又在袋子里挑出一个最小的，边削边对他的女朋友说，贡梨寒凉，你不宜多吃。削完，男人又在贡梨上面按下两刀，切出一小块，自己吃了，然后，把切开一个角的梨子递给了他的女朋友。

女人看着男人这个既熟悉又陌生的举动，知道一切都已经过去……

二

多年后，女人和他的男朋友逛超市，在超市的货架上看到了砀山贡梨。男朋友捕捉到她的目光，说，买吧。

女人白了他一眼，说得决然，不买！

男朋友赔着笑脸，说，贡梨粗糙，怎配得上你。

女人心中一声叹息，你怎会明白，我不吃贡梨，恰恰是因为贡梨那些细腻的往事。

珍珠有价

女儿出生后不久，医生建议给她吃点珍珠粉，最好是天然的那种。初为人父的我便兴冲冲出门了。

老婆在我出门时，还特地嘱咐，珍珠千差万别，可要挑最好的，但也不要给人家骗了。这可难为了我，我从来没买过珍珠，一点谱都没有，该找哪个药店买呢？突然，我想起了开药店的朋友大柯。大柯这人不仅能说会道，还是性情中人，因此在一帮朋友当中口碑极好。

于是，我马上驱车前往大柯的药店。说起来，我们也有一个来月没见面了，大柯见到我，非常开心，马上烧水泡茶。我说，我来你这里买点东西。大柯说，买什么？急啥？兄弟好久没见了，先来品品上好的铁观音再说。说着，他便忙乎起来。

互相客套地问候一番后，我便说明了来意。大柯说，这还不简单，给你找颗天然的，包你满意。说着便拿来了一个小纸包，小心翼翼地拆开，几颗比火柴头稍大一点的珍珠便光彩夺目地呈现在我的眼前。

大柯认真细致地从中挑出了一颗，包好后递给我，说，这可是上等好品。我说，多少钱？大柯好像羞于谈钱，避而不答，却说，珍珠这东西种类极多，有天然的，有人工养殖的，你不要看这颗很小，有时候也挺难找的。

给大柯这么一说，我竟有如获至宝的感觉，那可要谢谢兄弟了，多少钱呢？大柯说，大家朋友，就算三百元吧。

说实在的，第一次买珍珠，我还不知道这么贵呢。也许是觉得这玩意贵，付钱时，我竟然想，还说是朋友，怎么没说给个折扣？难道真的就是实价了？

思想开了小差，我便坐不住了，于是起身告辞。大柯热情挽留，见我一定要走，便说，你稍等一下。说着，在抽屉里拿出一个利市袋，在我付给他的三百元钱中抽出两百元装进去。我正纳闷，大柯满脸诚恳地把利市递给我：恭喜喜得千金，兄弟祝贺你！

我说，你这是干啥呢？大家这么熟了，还来这一套？

大柯见我不收，板起了脸说，这是兄弟的一点心意，这么见外干吗？

我突然感到很惭愧，大柯为人果真名不虚传，竟然把生意与朋友之间处理得如此恰到好处，既不违背做生意的原则，也顾及了朋友之间的情意，实在是高！

大概一个月后，老婆叫我再买一颗珍珠回来。我想，再远都要到大柯的药店买，虽然老婆认为三百元贵了一点。我还想，朋友之间太过于计较钱就俗啦，关键还是要买得放心。

我来到大柯的药店时，恰好大柯不在。我对一位店员说，既然老板在外面办事，就不要惊动他了，你给我拿一颗最好的珍珠。店员说，您是老板的朋友，就给个实价，收您六十元吧。

六十元？是不是我上次要的那种？

店员回答说，是呀，这是最好的啦，也有便宜的，有好几个档次。这批珍珠还是几个月前我去拿的货，你放心，不会有错，药效也挺好的。

真的六十元？我再问。

店员似乎有点委屈，说，大家这么熟了，怎么会卖贵您呢？不瞒您说，这个档次的进货价一粒是五十元，一般对外是卖八十元，如果遇到那些不讲价的或是样子像大款的，偶尔也卖一百元。

英雄寂寞

结　果

　　老王上午买菜回来，看到市场门口有个摆地摊的妇女在卖芒果,那芒果又大又黄,煞是诱人。

　　老王突然想起单位种的芒果也该熟了，就寻忖怎么没人给他送芒果来了?想到没人给他送芒果,老王心里就觉得很憋气。才从一把手的位置上退下来几个月,这单位分芒果就没他份了?都说人走茶凉,可这也凉得太快了吧?

　　说起单位大门口的这两排芒果树,可是当年老王在任时栽种的,这些年来,每到芒果成熟时,单位的工会就会挑一个双休日,组织一部分员工忙着摘芒果,分芒果,每人总会分到四五斤。你可别说几斤芒果值不了多少钱,这些芒果树都是大家亲自种下并看着长大的,就算不扯那么远,说近的,大家看着芒果开花结果,果实从小到大,从青到黄,那份惦记,那份祈盼,还有那份丰收的喜悦,难道是值多少钱的问题吗?

　　正当老王心里面不是滋味的当儿,手机响了,一接,是工会的老简,呵呵,老简说是给他送芒果过来了。老王一听心情就舒坦了,竟然像小孩子似的大叫一声,有芒果吃喽!引来了路人用异样的眼光打量着他。

　　想当年,单位新建了办公楼,在新区。那时候与其说是新区,倒不如说是郊区,不仅上班远了,市政配套设施也跟不上。办公楼落成后,单位门口那条新铺的水泥路的两边得绿化绿化。种什么花草树木好呢？那时候的老王突发奇想，说，不如种果树算了，不仅一样能起到绿化作用，还有水果吃。想不到这个想法得到全体员工的极力拥护。于是，大家都动起来了，松土、种树、浇水，干得热火朝天。其实，老王还想，他们是第一个迁入新区的单位，虽说是新办公楼，办公环境改善了，但上下班却很不方便，不知不觉中，单位竟然弥漫着拓荒的悲壮情愫。种种果树，还真的让员工对单位有了一种归属感。

老王回到家不久，门铃就响了。老王把老简请了进来，看到他两手空空，只背着一个挎包，似乎有点焦急了，问，芒果呢？

老简从挎包面掏出两个又大又黄的芒果，笑眯眯地说，这不是？

老王很惊讶，就这两个？今年的收成不好？

老简说，是这样的，前两个月，新领导一声令下，把刚刚结出来的小芒果通通剪掉了。

为什么？

您老也知道的，这几年，随着单位周边人气旺起来，路过的人，特别是学生，眼馋，嘴也馋，总要爬上去摘果子。

这也不至于把全树的果子都毁掉吧？

是呀，以前您是嘱咐我们在果子半生不熟时盯紧点，不要给糟蹋了，熟了时候小孩子嘴馋那就睁一只眼闭一只眼吧，不要太捣蛋就行了。但是新领导不是这么想的，他说，现在的人法律意识强了，万一有孩子爬树摘果子出了事，弄不好还把单位给告上法庭去。

老王皱了皱眉头，说，那你这两个芒果又是哪里来的？

呵呵，剪果子的时候，我特地留下来的。嘿，还是你当年亲自种下的那棵树，就在大门口左边，这两个芒果靠近保安亭，很隐蔽，没人发现，不过我也交代了保安要盯住，我想，怎么样都要让您尝尝今年的芒果。

老王心里一热，接着又叹了口气，就不出声了。

这刚退下来的日子，还真的并不清静。总有原来的同事、下属私底下向老王"汇报"单位的事情。老王知道，自己既然退休了，就不该管这些事了。但他还是关心单位里面的事情，因此，也乐意听。这不，今天张三打电话跟他说，新领导又有新的举措了；明天李四碰面时给他讲，某某某给提拔了。老王就是听，听了就呵呵笑。

有一天晚上，与老王同时退下来的副职串门来了，咬牙切齿地说，他那亲戚给新领导刷下来了。老王心里想，我在位时如果不是念及你的感受，也早就这么干了。老王不好表态，还是笑呵呵的。

但是让老王坐不住，决定跑回单位"逛一逛"，是接到老简的一个电话。老简说，门口那些果树给挖走了，重新绿化了，新领导说，既然不让结果了，还要这些果树干啥？

听了老简这么一说，老王便急匆匆地往单位赶。一瞧，果树果然没有了，两边新栽的花草树木花红叶绿，错落有致，倒也觉得生机蓬勃。收到风声的老简早就在大门口恭候了，见到老王，快步迎上去，嗔道，您老要过来，给我说一声，我过去接您嘛！

老王一声不发，背着双手，沿着门口这条路踱了一圈，然后，转身就走。

一直跟在老王后面的老简快步赶上，说，您老犯不着为这点事情生气呀。

老王停下了脚步，说，生气？谁生气？生谁的气？

老简噎住了。

看到老简不知所措的样子，老王拍了拍他的肩膀，意味深长地说，树挪死，人挪活。

你们见到李小薇了吗

在工厂将要放假的时候,李小薇突然说,她要回老家。张小杰很纳闷,不是说好今年都不回吗?但张小杰没有想到的是,当李小薇有了明年就嫁给他的想法时,她就特别想念大山沟里的家,特别想念远方的妈妈。

李小薇明白张小杰想省点钱的心思,很不开心,说,我还没嫁给你呢,你就这个鬼样了?

张小杰说,我是想明年咱们结婚前再一起回去算了。平时回去省钱,再说现在回去,天寒地冻的,很多地方都给冰雪封住了,电视天天都在说,回去很危险。

张小杰不提冰雪还好,一提,李小薇就觉得揪心。她看电视了,老家这几天下暴雪,她正担心住在那间破瓦房里的母亲,所以这几天心里堵着慌,回家的想法就更强烈了。

两个人发生了争执,李小薇觉得很委屈,而张小杰也很恼火,最后吵了起来,不欢而散。第二天,张小杰收到了李小薇的短信息,她说无论如何都要回去看看年迈的母亲,并已经坐上长途客车启程了。

张小杰开始后悔了,为什么昨天要闹别扭呢?他想,要么就是坚决说服并阻止李小薇回家,要么就干脆跟她一起回去算了,怎么能让她一个人回家呢?于是,他拨通了李小薇的手机,果然她所坐的客车正在北上的公路上艰难前行。李小薇说,她现在最想的是能够跟他在一起。

晚上，张小杰又拨了李小薇的手机，但是手机已关机。张小杰知道，李小薇的电话已没电了。这时候，张小杰的手机响了，是他老乡打来的。老乡告诉他，大雪已把公路封住，他们的车没法前行。前不着村后不着店，又冷又饿。有人在叫卖食品，鸡蛋卖到几十元钱一个。张小杰想起了李小薇，她也可能面临一样的处境，张小杰如坐针毡。他突然决定，去找李小薇。次日一早，张小杰也启程了，带着装满食品的背囊。张小杰想，这些食品足够他和李小薇在路上吃好几天了。

当客车无法再前进的时候，张小杰下车了，徒步走在那条公路上。只见白茫茫的公路上雪花纷飞，寒风怒吼，一条长长的车龙看不到尽头。

张小杰顺着这条车龙，寻找开往李小薇老家那个方向的客车，大声呼喊李小薇的名字。

沿路看到许多警察在执勤，张小杰便拿出李小薇的相片，问，你们见到李小薇了吗？

警察们都摇了摇头，并告诫他，你这样找人并不可取，而且很危险，请尽快回去吧，我们会帮你留意这个人。但张小杰并不理会这些劝告，继续踏着公路上的积雪，寻找李小薇。

当晚，张小杰蜷缩在一部客车里。第二天早上一起身，张小杰又开始了他的寻人行动。与昨天不同的是，他的步履已经开始蹒跚，他的声音也开始颤抖，他再也不可能像昨天那样高声叫喊。他逢人便问，你们见到李小薇了吗？

一位警察走过来，问了一些情况后，劝他，你还是先回去，一有李小薇的消息便会第一时间通知你。

没找到李小薇我不会回去！你们不是说会帮我找的吗？可是

你们是怎么做事的？无助的张小杰开始埋怨警察。

一位警察严正地说，你的心里只有一个李小薇，可是我们的心里不仅有一个李小薇，还有刘小薇、张小薇、陈小薇，还有困在暴风雪中成千上万的老百姓！我们现在需要的是齐心协力，而不是埋怨！

那位警察指了指在公路上派送物资的人们，继续说，这些都是自愿前来救灾的志愿者。我现在命令你，等会你必须跟着这些志愿者的车回去。

那位警察的话似乎触动了张小杰的心，只见他拉开背囊，从里面拿出一些食物，打算分给路上的乘客。

张小杰对那位警察说，如果在这条公路上有更多的张小杰、李小杰、陈小杰，哪怕这些食物微不足道，李小薇就一定不会挨饿！

那位警察望着张小杰渐行渐远的身影，望着张小杰开始在每一辆客车旁派送食物，心头一热，马上又投入紧张的救援工作中。

将近傍晚的时候，那位警察的对讲机响了，他根据指示立即赶到了出事现场，只见一个人倒在公路旁的雪堆中，再仔细一看，认出是较早前曾经遇到的张小杰。

那位警察发现，浑身僵硬的张小杰双手紧紧揣在怀里，左手拿着一张相片，右手手心紧紧握住一只鸡蛋，而他的背囊已空空如也。

这是张小杰身上最后的食物，他舍不得再送出去。在张小杰心中，这个鸡蛋只属于相片里的这个人，她的名字叫李小薇。

在别人的城市过年

作为工棚里喝了点墨水的打工仔，我很想把大顺的故事写下来，一则是对当前艰辛环境的宣泄，二则是幻想微薄的稿费能给透支的身体补充点佐餐小菜，抑或是来两瓶啤酒加一包红泥花生，在放松之余接受工友们的仰慕与欢呼。

可是，像大顺这样因讨薪而打伤包工头继而给抓进去的故事实在是不胜枚举，即使故事接下来的发展是，因为大顺的冲动与鲁莽惊动了有关部门，在他被警察带走后，欠薪问题最终解决了，但毕竟类似的题材比比皆是，我在对大顺心存感激之余，心想这样写出来的小说弄不好会给扣上一个雷同甚至抄袭的帽子。

我们一行五人从大山里走出来，在挤上火车的那一刻，我们就发誓，出门在外，大家一定要互相照应，有福同享，有难同担。当然，南下的这几个月来，大家情同兄弟，即便是大顺与包工头干起来的时候，我们也义不容辞地抡起了家伙。也许是我们的威慑作用，包工头的几个马仔就不敢轻举妄动了。包工头根本就不是大顺的对手，几下子就血流满面地趴下去了。遗憾的是，大顺给警察带走了。大顺说，进去总强过趴下，值！

我们也是这么认为。

但是，接下来的事情让我们这几个称兄道弟的哥们犯愁了。大顺走时丢下一句话，不要让家里的人知道，记得也给你嫂寄点生活费。

生活费？大家都捉襟见肘，大家都要往自个儿家里寄钱，谁有多余的钱往大顺家寄呢？但是，大家不是说好有福同享有难同担的吗？何况大顺是为大伙的欠薪出头而给抓进去的。

老奎说，我家里人多，上有父母，下面一串儿女，小孩的学费都没着落，实在是无能为力。老奎说的是实话，老奎家里的确是一穷二白。老奎说着把眼光转向了我。

我说，我也有家有室，就这丁点工资，谁会有闲钱呢？而且我老爹卧病在床，正愁钱呢。六顺与大顺是堂兄弟，切肉不离皮，我看六顺你就帮帮你堂哥这个忙吧。

六顺哭丧着脸说，我家的环境你们还不知道吗？我老婆快要生了，我现在的压力很大。倒是小莫，年轻，单身，没有负担，看能不能帮一下？

小莫说，我的工资少你们一截，我也要往家里汇钱呀。

就这样，往大顺家汇钱的事没有着落。拖了几天，后来，老奎说，这样吧，四个人都摊一点吧，据说之前欠咱的工钱也差不多要解决了，拿到工钱后再从大顺那份扣下来。这是一个不错的主意，大伙都同意了。

这件事对我触动很大，我很想写下来，但迟迟不敢动笔。因为我也曾经看过关于打工者出事后有人替他（她）继续往家里寄钱的小说，而且还不止一篇。有的小说还说到家里人怀疑后找来了，牵出一些感人肺腑、震撼人心的故事。当然，这是题外话。更关键的是，因为在往大顺家汇款的问题上，我们四个人表现出来的自私和难堪与那些小说里的高尚行为相比，简直令我汗颜，这样，我就更无从下笔了。

让我决定提起笔来，写下这篇小说，是将近过年的时候。这时候，我们的工期也将近结束了，我们算了一下，大顺接着也要出来了。大顺出来本来是件好事,可是我们琢磨过,过年前火车票这么紧张,大顺怕是要错过回家的火车了。但是,可以肯定的是,我们绝对不会丢下大顺一个人留在这个别人的城市过年。大顺大字不认得一个,普通话半生不熟中还夹杂着浓郁的家乡口音,不要说叫他一个人回家,就是一个人留在这里恐怕都成问题。

我们决定留一个人等大顺,但是我们很清楚等大顺就意味着要在这个城市过年了,这可是比上回往大顺家寄钱更为难的事情。你说,大伙都第一次出远门,大伙都想家,特别是越接近工期结束,越是归心似箭。你说,谁会留下来呢? 谁肯留下来呢?

为了这件事情,我们争吵了好几次,但都没有结果。倒是在争吵的过程中,我和老奎、六顺却形成了一致的意见,那就是让小莫留下来。我们有这样的念头,并不是合起来欺负一个小伙子,而是我们仨一致认为小莫是单身,比我们更适合留在这里。

小莫不肯。我和老奎、六顺集体轰炸和分头谈心,软硬兼施都无济于事。小莫就是不肯。

六顺对我和老奎说,他有办法让小莫留下。

小莫回来了,大家又不可回避地提起谁留下来的问题,这依然是一个没有结果的争论。这时,六顺顺势说,既然这样,大家抓阄。

抓就抓! 我和老奎、小莫都齐声附和,认为这样也不失是一个公平的选择。六顺便撕出四张小纸片,说,一张写"留",三张写"回",看大家的造化了。

六顺准备好后, 把揉成的四个小小的纸团捧在手心上摇晃了一下,对小莫说,你先抓吧!

小莫小心翼翼地挑出了一个,小心翼翼地舒展开来,只见小莫的脸一下子沉了下来,大吼一声,我认了! 然后夺门而去。

我和老奎、六顺面面相觑,我们分明听到小莫的那声吼叫中还带有几分沙哑。我们沉默着，心情非常沉重，我和老奎都知道，六顺其实写的是四个"留"字。

那天，在工地上，小莫对我说，他想家，他特想家！我不知道如何安慰他，有点违心地说，出门在外，以后过年没法回家的情况多着哩！第二天，小莫在工作的间隙又对我说，他打电话回家了，他娘哭了，说想他，说有亲戚给他找了对象，想他回去相亲呢。小莫黯然神伤的样子深深地刺痛了我，我说，小莫你回家吧，让我留下。

晚上，我们都回到了宿舍，我背着老奎和六顺，把回家的火车票偷偷地塞给了小莫。

小莫没有接，用疑惑的眼神盯着我，突然，哇的一声大哭把我吓愣在一旁，不知所措。老奎和六顺也转过身来，满脸惊诧。

小莫哭着吼着，我一个人坐三张火车票呀？你们想甩掉我让我一个人回家呀？

我和老奎、六顺都低着头，没有回答。小莫的哭喊声戛然而止，宿舍一片寂静，空气似乎凝固了，令人窒息。

老奎打破了沉默，一声怒吼，大伙都在这里过年算了，省点钱往家里寄。

我和六顺也附和，好，咱都在这里过。

小莫擦了擦脸上的泪水，小声说，我也不回去相亲了。

一轮皎洁的明月爬上来了，老奎买回了三斤散装白酒。酒精流淌过我们思乡的愁肠，化为五音不全的家乡小调。

我们想起了将要出来的大顺，老奎说，我们四个人都没有大顺唱得地道，唱得好。

我说，等我这篇小说拿到稿费了，我要请大家喝家乡的老白干，我要与大顺一醉方休。

成长三记

骑 车

依依五岁时，便吵着要把三个轮的自行车换成两个轮的自行车。爸爸想，是该让她学骑自行车了。于是，一家三口便到商场挑了一部折叠式小自行车。

新车到家，依依开心的劲儿就甭说了。每当傍晚时分，她盼着爸爸妈妈下班后，就迫不及待地拉着爸爸妈妈到小区里学骑自行车。遇到双休日，爸爸妈妈也会带着她到体育公园里学。

对于小孩子来说，这自行车还真不好学。爸爸想到自己小时候学骑自行车，也是学了很长时间，不知摔了多少次。

一天，爸爸妈妈带着依依，还有爷爷、奶奶到体育公园去玩。爷爷看到爸爸在后面扶着依依学骑自行车的模样，摇了摇头，说："不是这样的，太费劲了。"说完，他的手在车头中间一抓，牵着自行车跑起来。

爸爸一试，确实很省力，腰也不用老是弯着。由于大人在前面牵引，依依骑着也省力了，但这样还是无法放手。

依依继续兴致勃勃地学骑自行车，爸爸妈妈依然在不厌其烦地教她。一次，爸爸在小区里教依依骑车，一位伯伯也在陪他的儿子骑自行车。看到爸爸在前面牵引着依依的车头，伯伯走过来对依依爸爸说："不能这样，要在后面扶住，然后偷偷地放手。"

爸爸有点不好意思，说："呵呵，我这是用不同的方法教她，辅助她。"

说实在的，爸爸还真的有些焦急了，心想：这骑自行车怎么就这么难学呢？其实，依依也是盼望早点学会，可以像其他小朋友那样欢快地骑着自行车，那是多么惬意啊！

星期天，爸爸的朋友带着她的女儿来家里。大人在家里聊天，小孩就拉着到小区去玩了。

朋友要告辞时，看女儿还没回来，于是大家就一起去小区找，看到两个小孩在骑自行车。

爸爸说："瞧，你女儿的自行车骑得真好哇！"

朋友说："她也是刚学会的，那劲头可大了，一出门，就要带她的小自行车。"

送走了朋友和他的女儿，依依兴奋地对爸爸说："爸爸，我学会骑自行车了！"

爸爸以为依依开玩笑，不相信。

依依说："不信？我骑给你看。"说着，就去推自行车。

爸爸慌忙扶住她。依依说："不用你扶，我自己来。"

依依一个人自己跨上自行车，左脚用力撑在地上，再把自行车和身子稳住，用力一踩，自行车就摇摇晃晃地出去了。自行车趄趄趔趔地前行了五六米，眼看就要倒下，依依却先从车上下来，把自行车给稳住了。

依依回过头，得意扬扬地看着爸爸，说："是不是会啦？"然后，又骑上车，再骑起来……

爸爸看到依依摇摇欲坠的身子，嘴中虽然不停地喊"小心"，却按捺不住内心的喜悦。

爸爸问依依："你怎么一下子就会了呢？"

依依说:"刚才姐姐教我的,我就试着骑,试着试着,就会了。"

爸爸似乎有点不敢相信,说:"姐姐这么小,她怎么能扶住你呀?"

依依说:"她没扶住我呀!"

爸爸一时无言以对,心里却想:是啊,手把手地教,有时还不如放手让小孩自己去试。

溜 冰

依依看到她表姐有一双漂亮的溜冰鞋,就跟爸爸妈妈说,她也要买溜冰鞋,她也要学溜冰。

爸爸说:"等你大一点再说吧。"

依依不高兴了。

妈妈开导她:"学溜冰是要摔跤的,你不怕吗?"

依依说:"我不怕摔跤!"

妈妈说:"你现在读一年级了,万一摔伤了,影响学习怎么办?"

依依说:"我会小心的。"

爸爸见依依还在坚持,就说:"我看这样吧:要学的话,放寒假时去体育公园学吧,那里有人在办培训班,有专业老师教,这样才放心。"

依依看买溜冰鞋没什么希望了,嘟嘟嘴就没下文了。

时间过得真快,一转眼就到了寒假。爸爸妈妈见依依没有再提买溜冰鞋的事情,也不当一回事,因为他们心里也不怎么支持她去学溜冰。依依似乎也忘记了这件事,趁放寒假就去姥姥家住了。

那天,爸爸妈妈去姥姥家。依依见到爸爸妈妈很开心,然后说告诉爸爸妈妈一个秘密。

爸爸妈妈问:"是什么秘密呀?"

依依用很郑重的口气宣布:"我会溜冰了!"

爸爸妈妈不信。依依便拿来了表姐的溜冰鞋,穿上去,然后像太空人般迈向门口。

只见依依在门口那只不过二十平方米大的空地上,身轻如燕地溜了起来,直看得爸爸妈妈目瞪口呆。

爸爸问依依:"怎样学会溜冰的?"

依依说:"姐姐教我的,我自己一个人时也在学。"

爸爸不相信:"一个人?行吗?"

依依说:"一个人时就扶着墙壁。"

爸爸笑了:"摔过吗?"

"摔过,不过不疼。"

爸爸突然拉住依依,说:"走!"

依依惊诧地望着爸爸,不知道怎么回事。

爸爸说:"现在就去买溜冰鞋呀!"

爸爸想,在单位他是领导,开会时经常跟员工说,不要因为给你多少待遇,你就办多少事,而是要转变观念,你办了多少事,就给你多少资源。爸爸还想,女儿买溜冰鞋的事怎么就跟单位的经营有点异曲同工之妙呢?

依依很开心。路上,依依告诉爸爸:"姐姐的溜冰鞋穿起来有点松,要不然的话,我还可以溜得更好。"

爸爸一听,嘴巴夸依依聪明能干,心里面却在琢磨着女儿这句话:是呀,自己是不是也该转变转变观念了?

背　诗

小孩子厌食是令父母头痛的事情。依依的爸爸妈妈也不例外,每餐总要哄着依依把饭吃完,道理没少讲,就是要人操心。

这天,依依的饭还剩下小半碗,又说不要了。妈妈软硬兼施哄着她吃多点,但依依就是喊:"好饱,吃不下了。"

爸爸说:"既然吃不完,就不要勉强了!"

依依一听,满脸疑惑。心想,以前这种情况,爸爸跟妈妈总是一唱一和的,今天爸爸怎么这么好说话了?

爸爸说:"吃不完,就罚你背一首唐诗。"

依依乐了,说:"好哇!"

"那就罚你背一首《悯农》吧!"

"这么简单!"依依说着便大声背起《悯农》来,"锄禾日当午,汗滴禾下土。谁知盘中餐,粒粒皆辛苦。"

"既然背完了,就可以不吃了。"爸爸说。

依依若有所思,低声说:"我还是吃完吧。"

爸爸妈妈听后,都笑了。

后来,吃饭时,爸爸就说:"吃不完要背《悯农》哟。"依依还真的不想在饭桌上被罚背《悯农》,每次都很麻利地把饭吃完了。

爸爸又说:"以后掉下饭粒,或者碗里还剩下饭粒,也要背哦。"依依就把饭吃得干干净净,一粒不剩。

爸爸妈妈都表扬依依这段时间进步很快,依依听了非常高兴。

有一天，爸爸吃饭，碗里竟然还剩下一小撮饭就说吃饱了。依依发现后，马上大声说："瞧，爸爸没把饭吃完，也要背《悯农》！"

爸爸一听，很不好意思，便背起了《悯农》，完了又把饭吃得干干净净，乐得依依"咯咯"地笑了。

以后，每逢吃饭，爸爸监督着依依，依依也监督着爸爸。依依因为掉饭粒背过几次《悯农》，爸爸也因为碗里的饭没吃干净背了两次。

那天，妈妈对爸爸说："背《悯农》这招还挺灵呀！依依现在吃饭很乖了，以前很多坏习惯也改了。"

爸爸说："这《悯农》还得背呀，我已经好多天没被罚背《悯农》了，找一次再在依依面前背一背才行。"

说着，爸爸妈妈都开心地笑了。

立 春

不经意间已是年底。时间过得真快，快得有点令人不知所措。越近年底，立春的心情越是烦躁、焦虑。

年底，工作自然忙碌起来，一些工作是要赶在年底了结的，再过了元旦，又有一些事情必须要在春节前完成。不消说，工作的压力徒然增加。但是，对于立春来说，这些都不是关键。让立春越来越纠结的是，今年的春节该怎样过？

去年，立春结婚了。小日子过得无忧无虑，将要过年时，立春突然才想起，这年要在哪里过？新婚第一年，自然是在丈夫家过了。准确地说，不是在小两口的小家过，而是跟家公家婆一起过。这不，家婆老早就在张罗，说大年初一早上要到乡下的祠堂里拜祭祖宗。一切都是约定俗成、自然而然。即便如此，年前或年后也应该有一个妥善的协调与安排吧？于是立春便有了手忙脚乱的感觉，爸妈怎么办？这应该是第一个没跟爹妈一起过的春节，她心中感到无比惆怅，突然间体会到以前爸妈为去爷爷家过年还是去外婆家过年而争吵的无奈与纠结。但是，这之前立春真的是一点意识都没有，到了年廿八、廿九，突然才醒悟。也难怪，以前什么时候让她操心过过年的事？

立春在心里面骂了一下自己，没心没肺的东西！然后，她拉着老公冬子忐忑不安地回了一趟娘家。冬子小心翼翼、支支吾吾地提了过年的事，还没说完，母亲就打断他的话，这第一个年，就在你们家过，嗯，开开心心过个年，别想太多了！

夫妻俩出来后，如释重负。想到老婆是独生女，多少有点愧疚，冬子说，明年陪爸爸妈妈过。这爸爸妈妈指的是立春的爸爸妈妈。立春说，拿得准吗？冬子迟疑了一下，小声地答道，应该可以的。

今年的春节来得早，是一月份，有了去年的感受，这一到新历年底，立春心里就犯愁，难道就没有两全其美的办法？

父亲打来了电话，囡，今年过年提前过，过新历年，一大家子人团聚，记得跟冬子说啊。立春说，怎么过元旦了，以前都没这么过的，再说去年冬子也说了，今年春节就在咱家过。父亲说，过年就图个团聚，图个热闹，过春节，人左凑右凑还不一定齐。立春说，爷爷奶奶同意吗？父亲说，这还是你爷爷的主意呢，你爷爷说这次团聚一个都不能少，然后春节大家爱在哪里过就在哪里过。立春听后，很不是滋味，这段时间压在心里面的石头是可以放下了，但却一点都轻松不起来。

第二天晚上，立春的家婆对今年的春节做了安排，小年在冬子的爷爷这边过，过年就在冬子的外公那边过。家婆还开心地跟立春说，她娘家至今还保留很多过年的传统和习俗。家婆说得眉飞色舞，见丈夫一声不发，马上收回了笑容，特地对着冬子说，小年大过年，今年我们要提前一天回去，一起帮忙扫尘土、贴春联，知道吗？

事后，冬子对立春说，关于在哪边过年的问题，爸爸妈妈没少吵过，后来基本上已经是轮流过了，按理也不用吵了，但有时候因为要考虑叔叔伯伯舅舅阿姨的时间安排，还是吵。冬子说着说着笑了，自从你嫁进我家，这两年倒是没吵过了。

刚过完春节没几天，妈妈打电话给立春，说，你堂舅打电话来，说你外婆病了，你赶快准备一下，明天一家人提前回去看你外婆。立春一听急了，严不严重啊？怎么说病就病了，年前不是好好的吗？立春跟她外婆感情很好，小时候有段时间还是外婆带着她的。

次日到了外婆家，堂舅早就出来等着帮忙提行李。堂舅说，你外婆昨天听说你们要来，一下子就精神了，病就好了一大半，唠叨了一整天，这感冒药也肯吃了，还拼命喝水，说不能让你们看到她病了。

外婆见到女儿一家人，这病又好了七八成，手舞足蹈地对着屋子里的亲戚们说，今天是立春，立春就是过年，立春才是真正的过年哩，你们看，女儿一家都来了，还有乖外孙女也来了，她是立春出生的，她出生那天的第一口水还是我喂的呢！

立春鼻头一酸，佯装若无其事地走出屋外，眼泪早已夺眶而出。冬子捕捉到立春的眼神，跟着出来，递给了立春一张纸巾，说，明年春节陪外婆过。立春说，拿得准吗？冬子迟疑了一下，小声地答道，应该可以的。

他的年

"孥仔盼过年,大人愁无钱。"他小时候就很喜欢过年,掐着指头盼。过年有压岁钱,有新衣服,可以放鞭炮,在物质贫乏的年代,哪个孥仔不欢呼雀跃呢?

作为孥仔的他,当然不懂"大人愁无钱",但他知道打小时候起,他就因为压岁钱一直在跟母亲周旋,譬如母亲神机妙算知道哪个利是的分量,就会及时说,让她来保管吧不要搞丢了。又如正月十五刚过,母亲就要求把压岁钱统统交出来,说是代为保管。他抗争过,也谈判过,但最终还是像一个泄气的皮球败下阵来。母亲说,很快就要上学报名了,还不是留给你读书交学费,最终还不是用在你的身上?

经济条件稍为改善的时候,可以有小比例的资金回拨。为什么说回拨呢? 这是他母亲的逻辑,压岁钱全部上收,清点完以后,再将回拨资金郑重地交给他,算是犒劳。当然,所谓经济改善,是他长大后才体会到的。至于为什么是回拨而不是直接留存,却是在他读了《政治经济学》后才明白其中道理。

即便是那丁点儿的回拨资金,也是全程监管,这让小小的他感受到约束的无形之手。当然,他也有有底气的时候。他要买书的时候,他向母亲要钱,就不是说要,而是说给回他钱。母亲倒不含糊,爽快地给了。他就像获胜的小斗士,昂首挺胸地走向书店。

母亲总是说,你就是不让人省心。他总是答,谁叫你没收了我的压岁钱呢。

有一年的大年初一，他不肯吃斋菜，吵着要吃肉。过年要说吉祥的话，母亲不会在过年期间训他，而是平心静气跟他讲道理，正月初一吃斋菜这是老祖宗传下来的风俗。按照风俗，这大年初一吃的斋菜也很特别，就吃飞菱菜煮粉丝，还有豆腐干和萝卜丸。飞菱，音同"飞龙"，就是菠菜的别称；而萝卜丸则是用白萝卜刨丝去汁，再加上炒熟捣碎的花生拌薯粉团成的丸子。

母亲说，这一定要吃的，食飞龙，健过龙。他问，那吃萝卜丸呢？母亲说，吃萝卜丸，团团圆圆、生生不息。他又问，那吃豆腐干呢？母亲说，能当官（"干"与"官"同音）。他再问，那吃粉丝呢？母亲说，长命百岁。这时，他突然话锋一转，说，我看这些都是卖菜的人想出来的，过年了，这些菜卖不完，他们就想出了这些馊主意。母亲说，小孩子别乱说话。他说，我问你，明天年初二是不是要吃韭菜？母亲说，是啊，长长久久。年初七是不是要吃"七样菜"①？母亲说，是啊，这叫和和美美、百事好合。他说，妈，你看这各种各样的菜都吃了个遍，你还说这不是卖菜的人想出来的？母亲说，你就会顶嘴！

顶嘴是他的强项，也是他的爱好。尤其是母亲给他说噎住，然后嗔骂他时，他就很得意，很受用。

出来工作后的第一个春节，他把年终奖金都交给了母亲。母亲高兴得合不拢嘴，问，你自己要不要留些？他说，那也是你再回拨给我。母亲笑了，用手指在他的额头轻轻地戳了一下。这是母亲的习惯动作，高兴时是，生气时也是。

年初二吃早餐，他叫正在忙乎的母亲一起吃饭，母亲说你们

①一般由厚合菜、蒜仔、芥蓝、卷心菜、珍珠菜、香菜、大菜心七种时令菜蔬合在一起煮，其中厚合菜必不可少。

先吃。再叫。母亲说,不用等她。在他的印象中,每年除了除夕和年初一,母亲一般都是等他们吃完或者吃到一半的时候才上桌吃饭。这也是以前海陆丰地区所谓的习惯。他小时候,也不上桌,用小碟分菜,然后他端着碗骑坐在麻石门槛上吃。

他又喊,妈,这个妇女不上桌的规矩也是祖宗传下来的风俗吗?母亲说,你老嬷、阿嬷都是这样哩!他说,那是穷,吃不饱,有限的食物优先给劳动力吃,老嬷和阿嬷时代的优良传统传到你这怎么就成了重男轻女了?母亲说,我不跟你说。然后,在围裙上搓搓双手,上桌一起吃饭。

再后来,他走南闯北,有时候就没办法回家过家。电话里,母亲会说,回不了你就别回来,这大过年的,车又堵,开支又大。

再后来,他结婚生子,回家变成了回老家,这个那个的原因,回老家过年就更少了。母亲总说,回不了你就别回来,有了家庭多不容易啊,钱也要省着点用。

今年,他突然很想回老家过年。打电话给母亲,电话那头,母亲竟然开心得连声叫好。

这让他想起了孩提时过年的欢呼雀跃,心底不由泛起一阵酸楚,母亲真的是老了。

回　家

　　我小时候很羡慕邻家的伙伴,她有个姑姑,每次她姑姑回娘家时,总会带些漂亮的头饰发夹给她,而她总要在我的面前炫耀一番。那时候我总是想,如果我也有个姑姑该多好呀。

　　邻家伙伴在我面前的炫耀近乎到了挑衅的地步,我实在忍不住了,跑去问奶奶,奶奶你为什么只生我爹一个人,干吗不多生一个姑姑呢?

　　你也有一个姑姑,不过早早地死了。奶奶淡淡地说,头都没抬起来,继续忙她的针线活。我听了,心里一颤,看到奶奶并不理会我,便不敢再问下去。

　　原来我也有个姑姑,她长得怎么样呢? 她会不会也买发夹给我? 为什么奶奶从来没有提起过……

　　趁奶奶不在家的一天,我悄悄地问了妈妈。

　　妈说,我也没见过她,据说在新中国成立前闹饥荒那年饿死了,死的时候才十六岁。

　　自那以后, 每当我看到邻家小伙伴头上别着她姑姑送给她的别致发夹时,我就会想,我也有一个姑姑,并且在心里面不断地描绘着我姑姑的长相、声音和衣着。

　　随着年龄地增长,我渐渐地不再羡慕邻家的伙伴了,而我心目中的姑姑也随着时间的推移从模糊到清晰, 最后又从清晰变成模糊乃至于湮没于我成长的年轮中。

多年后，我奶奶已离开人世，而我也出来工作了。有一年回家，陪妈妈聊天，怀念起奶奶来，最后话题扯到了我姑姑。

儿时抽象、亲切的姑姑激起了我心中的涟漪，让我回到苦涩、快乐的童年。

妈说，姑姑十三岁时就给奶奶卖给人家当童养媳了。

童养媳？我简直不敢相信我的耳朵。这是我第一次听到姑姑是童养媳，而且我认为我可亲的姑姑不应该与童养媳画上等号。

我不理解我奶奶为什么这样做，在我记忆深处，奶奶最疼爱我们一大群兄弟姐妹了，特别是从旧社会走过来的奶奶对我们几姐妹一视同仁的疼爱让她在那个重男轻女的年代获得了里里外外的尊敬，一直到现在，我们都很深情地怀念着奶奶。我真的无法想象对孙女都那么疼爱的她竟会把自己十三岁的女儿卖给人家当童养媳！

妈妈看到我不平的表情，说，那时候奶奶一家人在饥饿中挣扎，什么是饥饿？这是你们这代人永远无法想象的，把她卖到一个殷实之家可能就是对她最好的疼爱了。

我无言以对。

妈说，那家人原来的家境还是不用饿肚子的，但几年后，你姑还是死于那场饥荒。那一年，你的伯伯、叔叔、姑姑一个个离开了你奶奶，最后只剩下你爹与她逃过那场灾难，自此母子相依为命。

原来，奶奶也曾经儿女成群！可能是经历过太多的苦难与沧桑，在我记忆中的奶奶好像没有什么大喜大悲的表情和举止，除了她对我们的爱，她的神态总是那么的宁静。

我说，奶奶好像从来不说这些事情的，妈，奶奶又是如何跟你说起的？

妈说，怀上你的那年，我梦到一个十多岁的小女孩来咱家，对我说她很饿。第二天，我把这个梦跟奶奶说了，奶奶说，这是你姑。奶奶说时很平静，但语气中容不得任何置疑！我听后觉得很奇怪，同时心里有点怕怕的。过了几天，又梦到那个女孩，奶奶说，这个死鬼丫头，小时候就有点钝，做鬼了还是这样，不去找婆家，反倒是找回娘家了。

妈继续说，很奇怪，这个梦我反复做了三次。奶奶说她老早就知道那家人生前对丫头不好，恐怕是死了之后不让她进门了，也罢，就把她接回家吧。

接回家？我觉得很惊诧。

妈说，这是风俗，到城隍庙烧香做法事把她的魂引回来，在祖先灵位上供奉，奶奶说总不能让她没依没靠呀。于是，奶奶选了一个吉日，在半夜里带着我爹就去了城隍庙。

据你爹说，那天夜里做完法事，他们刚迈出庙门，突然间，倾盆大雨，雷电交加，你爹把在城隍庙求到的香烛用油纸包住紧紧地揣在怀里，拉着奶奶的手冒着劈面而来的暴雨，踏着积水的石板路，在漆黑的夜里蹒跚前行，偶尔靠惊悚的闪电来照亮前路。妈说，那个深夜里，她守在家里，挺着大大的肚子，坐立不安。

跟随着妈妈的思忆，我仿佛回到了几十年前的那一个不寻常的夜晚。

后来，终于把他们盼回来了，两个人浑身都湿透了，进门时，好像把这场暴雨也带进了家里，雨水顺着他们的身体往地板上流淌。你奶奶面无表情，一进门就说，终于回家了。

妈继续说，那天深夜，奶奶突然很健谈，跟我讲了她丫头的事，一直讲到天亮，这是以前从没有过的，而自那以后，奶奶就再也不讲你姑的事情了。

听着关于姑姑的往事,我突然觉得自己以前很自私,总是幻想着姑姑给我买漂亮的发夹,但是,姑姑短暂的一生可能连发夹都没有摸过——而她也曾经是一个爱美的小姑娘啊!

我悻悻地说,人都死了,这些,对姑姑来说又有什么意义呢?

妈妈说,错了,孩子,从姑姑回家的那天起,就意味着姑姑不再是童养媳了!在那惨痛的年代,奶奶无法改变她和她女儿的命运,但是在她母爱的世界里,改变不了她对女儿深深地爱怜。

我再一次无言。

母爱无垠。我为妈妈的话,不,为这一段跨越阴阳两界的母女情缘而热泪盈眶。

1942 年的狂奔

1943 年是饥荒之年，我的父辈们在这一场灾难中如同千千万万的老百姓一样，或是在饥饿中倒下，或是在痛苦中挨了过来。

其实，在这之前的岁月，早已经是民不聊生了。那时候，奶奶带着一群儿女正处于饥寒交迫的煎熬之中。

山雨欲来风满楼。就是在那些年，奶奶作为一名平凡的母亲，做出了一个又一个伟大的决定：1940 年，将女儿当童养媳卖掉了，廉价的几个铜板让一家子都生存下来；1942 年又将年仅三岁的小儿子送给了人家（那时候已经卖不出价钱了），在给小儿子更高的生存概率的同时，也减轻了家中的生存压力。

关于奶奶把我叔送给别人这件事，几十年来，历经祖辈、父辈乃至到了我这一辈，都在扼腕叹息和感慨中追寻，为什么亲人一直无法相认、团聚？

1942 年的情况是怎么样的？作为故事的主角，奶奶几十年来也一直未有正面的、详尽的回应。因此，作为她的儿孙们，只能从过去的点点滴滴中去理解与揣测，焦点是奶奶在 1942 年的那一次撕心裂肺的狂奔。

姑妈说，那年那天，奶奶把我叔交给了当时专门做人口中间人、名叫李铁拐的男人后，悲痛欲绝，泪如雨下。最后实在忍受不了骨肉分离的痛苦，不顾一切地冲出家门，一路狂奔，在校场截住了李铁拐和那个领养人。奶奶一把夺过儿子，紧紧地搂在怀里，失声痛哭。最后，那个男人使劲地抢回孩子，任奶奶苦苦哀求也不肯留下任何的线索，扬长而去……

我妈妈对姑妈所说的一些情节持不同意见。妈妈说，当时奶奶在悲伤中突然醒悟，应该去看看李铁拐将小孩交给了谁，好留个线索。于是，奶奶一路狂奔，但在路上摔了一跤，就是这一摔给奶奶的左腿留下了一生的后遗症。奶奶赶到校场时，那人已经走了，后来奶奶再去问李铁拐，李铁拐也不知道那人的具体情况……

但我爸爸并不认同姑妈和妈妈的一些说法。爸爸说，领养孩子的人会留下线索吗？那岂不是白白帮人家养大孩子？这个道理，精明的奶奶会不知道吗？奶奶是伤心的，但也是欣慰的，多年后，奶奶一直在庆幸当时把小儿子送出去了。据我所知，奶奶当时确实是奔跑出去，摔了一跤，但是很快又回来了，校场那么远，不可能去那里。爸爸还说，奶奶当时还把当年爷爷送给她的一块玉佩从自己的脖子上解下来，挂在了弟弟的脖子上。

或许爸爸、妈妈和姑妈他们都认为自己的版本才是真实的，或许他们不忍心因为对真相的深究而让奶奶回到过去的伤痛之中，又或许他们认为1942年的那一次狂奔仅仅是几十年沧桑岁月中的一道疤痕而已。

于是，奶奶在1942年的那一次狂奔便深深地烙在我的心底，我一直未曾忘却，但也不敢去求证。

在奶奶去世的前一个月，不知是奶奶预感到了，还是几十年的心事最终需要找一个倾诉的对象，奶奶在我回家探望她时，主动跟我提起了一些陈年往事。后来我一直认为，这是我与奶奶的一次心灵对话。

我问奶奶,那年您一路狂奔,去了哪里?

奶奶说,去了李铁拐家,忘记把那张纸让你叔带上。

我问,咱家的地址?

奶奶说,不是,是你叔的生辰八字。

生辰八字? 我感到有点不可思议。

对呀,孩子怎能没有生辰八字呢? 这可是一辈子的事情。

怎么不把咱家的地址也顺便写上,让叔以后可以找回来?

这是泼出去的水呀,其实这几十年来我也没奢望过。奶奶说时,悲伤的脸上增添了几分无奈。

您不是给了一个玉佩作为信物吗?

到了李铁拐家后,我又把它从你叔的脖子上解开了,送给了李铁拐,跟他说给找个好人家。奶奶把声音压低了,言语中,有些得意,有些难为情,又似乎有些悲哀。

我来不及解读,脸上早已经爬满了泪水,眼前浮现的是衣衫褴褛、泪痕满脸的奶奶正穿越历史的时空,从 1942 年朝我一路狂奔而来……

玉碎瓦全

一直以来，一些亲戚、邻居总是在传言说奶奶藏有古董，说那是我家的传家之宝，已经传了好几代，最后是爷爷传给了奶奶。

奶奶一直在否认这件事。但是，父亲与叔父从奶奶有时神秘兮兮的举动中也感觉到家中应该有宝，他们认为奶奶没有承认那是为了掩人耳目。

那时，叔父在县城上班，是吃政府饭的，在村里也算是一个人物了。叔父每次一提起宝物，双眼就发亮。叔父经常对奶奶说，以他现在的身份，图的不是它能值多少钱，而是他喜欢收藏，如果传家之宝交给他，那是绝对不会流失的。

叔父担心，按照习俗，奶奶会把传家之宝传给长子即我的父亲，因此特别强调他看重的不是它的价值，言外之意，如果传给我父亲，却有可能因为贫穷给变卖掉。

奶奶还是坚持家中没宝。但是叔父依然不信，他认为，如果真的没有，奶奶早就对他一直以来的旁敲侧击表示厌烦了。

有一次，叔父又回家了，刚好碰到奶奶在清理衣柜。叔父眼明手快，发现角落头有一个小木盒，伸手就去拿。奶奶正要阻止，但已经给手脚麻利的叔父打开了。

里面竟是一块玉佩！叔父大喜过望，看样子这玉佩已经有一定年头了，这敢情就是盛传中的传家之宝？

接下来可想而知，叔父死缠烂打，非要奶奶把这块玉佩送给他。奶奶开始不肯，后来拗不过，就同意了。奶奶说，这块玉是你爹当年送给我的，我一直都珍藏着，你也要保管好！

叔父把玉拿走了。父亲知道后很生气，说奶奶偏心。奶奶说，那可不是值钱的东西。父亲不信，认为奶奶把传家之宝传给弟弟是因为自己穷，担心给他卖掉，因此，生气之余又徒增几分悲伤。

事情过后不久，父亲终于相信那块玉佩确实是爷爷当年送给奶奶的定情之物，并非什么传家之宝。原来，叔父回到县城后，竟然找了专家给这块玉佩做鉴定。专家说，这不是古玉，仅四五十年的时间，由于质地较差，并不值钱。叔父听了大失所望，失望之余，又告知奶奶和父亲，说是请专家鉴定了，这块玉才值多少多少，还说我父亲之前大惊小怪。

奶奶听了，非常伤心，说，这块玉是她这辈子最心爱的东西，能用钱来衡量吗？

但是，更让奶奶痛心的是，当叔父知道了玉佩的市场价值后，便很随意地给了他儿子佩戴，而小孩又不懂得爱护，没几天就摔碎了。奶奶知道后，竟然像小孩子似的哭了。

父亲最看不得奶奶流眼泪，奶奶三十岁守寡，那时他才六岁，弟弟四岁，一个人含辛茹苦把他们兄弟俩抚养成人，其中辛酸自不必说。

父亲暴跳如雷，说下次叔父回来，一定要好好教训他！但是，意想不到的是，父亲的所谓教训并无法付之行动，一个月后，叔父因为贪污给抓了进去。

上面这些事情，是我听父亲说的。但是，我家究竟有没有传家之宝，父亲从未提起。我想，所谓的传家之宝，难道就是那块已经破碎的玉佩？

因此，在后来的日子里，关于传家之宝的说法在我心中也渐渐地淡忘了，直到父亲临终前，这个谜才揭开。

那年，我接到父亲病危的消息，赶回了老家。父亲很直接地告诉我，我们家有传家之宝！

我确实感到很意外，但却没有丝毫的兴奋，在生离死别的悲伤中，我觉得所谓的钱财都是身外之物。

父亲说，他也是在奶奶临终前，奶奶才告诉他的，那是一块汉代的瓦片，已经传了很多代人了，就放在家中供奉祖先的神龛子里，压在香炉下面。

父亲还说，在他知道真相的这么多年里，他从来没有挪过它，只在奶奶告诉他之后不久的一天，他趁没人的时候，偷偷地爬上去，看了一眼，并用手轻轻地摸了一下，仅此而已！

弥留之际的父亲说话已显得有点困难了，我却为父亲最后的叮嘱泪流满面。我知道，在奶奶去世后不久，我家也经历过几次很大的困难，父亲作为一家之主，一次又一次地挺过来了。

我抬头注视着香火相传的神龛子，通过这样一种特殊的传承与交接，我已能真真切切地感受到香炉下面的瓦片。

多年后，我在我叔父工作过的县城做起了买卖，并曾经名噪一时。后来，生意惨遭失败，负债累累。为逃避追债，我躲回农村的老家。

那天，我一迈进破旧的家门，潦倒疲惫的心情便淹没在母亲慈祥的眼光里。我想此时，只有老屋才能让我感到无比厚实的依靠。

进门的第一眼，我的眼神便被久违的神龛子深深地吸引住了。香炉轻烟袅袅，那是母亲刚刚供奉上去的香火。

我的眼睛紧紧地盯着神龛子。由于仰视，我虽然无法看到那块汉代的瓦，但它早已经掉入我迫不及待的眼神中。

我搬来了梯子，抬着沉重的脚步爬上去。一直没有出声的母亲，在这个时候却流着眼泪默默地走开了。

一步，一步，又一步……

我终于看到了代代相传的瓦！我颤抖的手终于触摸到无比珍贵的瓦！

其实，此刻，我需要的仅仅是一次触摸，就像当年的父亲那样。因为我坚信，把瓦取下来，能迈过去的只能是一道坎，但是，只要瓦在，今后的人生即使有再多的坎，我总能迈过去……

相忘于江湖

相呴以湿
相濡以沫
不如相忘于江湖

——庄子

我认识老蔡，是在夜总会的包厢里。那次，是一个当大老板的老乡做东。

大老板和老蔡不断在招呼陆续而来的客人，我就是在这个时候认识老蔡的。老蔡也是老乡，是大老板的助理，刚开始大家比较客气、拘谨，免不了蔡总前蔡总后的，但是几杯酒下肚，老蔡就嘟嘟囔囔，别叫蔡总，叫老蔡。我想想也是，这董事长助理难免有点狐假虎威的感觉，特别是大家开始勾肩搭背时，叫老蔡多好啊，亲切，熟络。

其实，老蔡绝对属于闷骚型的。大老板等人早已进入状态了，老蔡还猫在角落头玩手机。我一看，估计也是跟我一样五音不全躲着麦克风，于是，我端起酒杯向他走去，一是礼节性地回敬一杯，二是他那边确实适合躲，无论是躲酒还是躲K歌。

也许是终于有个人可以说说话喝喝酒，也许是在热闹躁动的包厢里可以不至于格格不入，老蔡像迎接远道而来的老朋友一样，提前起立，略为夸张地一口闷了。紧接着老蔡又回敬了一杯。这酒一来二往的，老蔡就慢慢地打开了话匣子。老蔡说，他来这里打工之前，是在老家当老师的。

曾经在家乡当过老师？这多少让我有点意外，我毕恭毕敬地再满上一杯。老蔡一声叹息，然后一饮而尽。我还以为这里面会有什么故事，但没有，就像很多从农村走出来的老师一样俗套：高考落榜，然后在乡里当民办老师，再然后因各种原因转不成公办，最后就出来了。

老蔡说，本来再熬一熬还是有机会转正的，但就那么丁点工资，还比不上一个小学生去晒麻黄草①，这也没什么，但是上课的学生稀稀拉拉的，老子就不干了，行吗？

那时，家乡个别地方制毒猖獗，的确令人痛心。气氛突然有点凝重、酸楚，我往老蔡的杯里倒酒，老蔡却按住我，然后举起桌上的扎壶，像一头杀红了眼的狮子，说，用这个来！我也不甘示弱，一声低沉地怒吼，来！

老蔡步履蹒跚地挪过身体，抱住我的肩膀，而我有点翻江倒海的感觉，强忍住从胃里蹿出来的酸水，顺势搭住老蔡的肩膀。老蔡说，俺的村可是古村落，去过吗？

我说，初中的时候去过，当时，有好几个同学就是你们村的。

老蔡说，里面有很多古迹，有很多故事，你有机会一定要再去走走，再不回去走走，真的以后就看不到了。

我问，怎么这么说呢？

老蔡又激动起来，上次回去，原来在海边的那块石头竟然不见了，小时候还经常去爬的，上面刻有明朝张进士的题字呢。还有一个清朝时的院落也给推倒重建，旁门左道有了钱就了不起

①麻黄草，多年生草本植物，原产新疆、内蒙古、河北、山西等地。有广泛的中药用途，也是制造冰毒的原料，我国对麻黄草实行严格控制，禁止自由买卖。

啊！

我也感到很痛心。我说，其实，整个县对这方面的保护是远远不够的，更不用说挖掘地方文化了。

我们虽然不是老板，但我们可以力所能及地去做些事情，我打算成立一个文化研究会。老蔡说着，手往大老板方向一指，兴奋地说，这小子愿意出钱！

我也无比兴奋，这好事啊。

上次，也是在这里，他当着陈科长面说的，他出十万块，陈科长陈向东，也是咱们老乡，你认识吧？老蔡说。

还有一次，还是在这里，他跟李主任说，他出二十万，李主任，就是老乡李念祖啊，你应该认识的。老蔡接着说，我认为，这个会长你来当，你有文化，你最合适。

我说，这万万不可，会长应该由大老板来当，要不就你来当，我可以出力，不遗余力地出力，我说老蔡啊，打铁可要趁热，民政局社会组织科的科长跟我是兄弟，明天，咱们就去交申请材料！

伴随着清脆的碰杯声，我和老蔡异口同声吼道，一言为定……

第二天，我醒过来时，已是上午十点多了。我发现自己睡在客厅的沙发上，头像要炸开一样难受。

昨晚是怎样回家的一点都想不起来，只是依依稀稀、断断续续记起认识了一个叫老蔡的老乡，跟他拼命干杯，还跟他谈到要成立文化研究会。一整天，我都在努力回忆昨晚的事情，还特地打电话问了几个在场的关系还不错的老乡，拐弯抹角地确认昨晚是喝高了但并没有失态，我忐忑的心才算是平静下来。但任凭我绞尽脑汁，昨晚的记忆到了"一言为定"就戛然而止了。

我第二次见到老蔡是在几个月后某个星期天的上午。我在麦地市场买菜,遇到一个人,面善,但就是记不起是谁,为免失礼,但我还是面带微笑轻轻点了点头,算是主动跟他打招呼。对方一脸茫然,在擦肩而过的一瞬间,我感觉到他蓦然回首,似乎应该想起了什么。

是的,擦肩而过,彼此之间都显得小心翼翼。当时我在思忖,这个人会是谁呢? 在走出市场的时候,我豁然开朗,老蔡,对,他就是老蔡!

从此之后,我就再也没有见过老蔡了。这些年,不经意间,我会偶然想起老蔡,只是,老蔡的样貌却越来越模糊了。

虽然我现在已经完全记不起老蔡的模样,但我依然怀念老蔡。

包装时代

我愈来愈觉得，这年头，头顶上没些名衔、荣誉称号实在是很难混。像我这样的实力派，不就是对种种虚名不屑一顾吗，可是，在很多人眼里却矮了一大截。更让我愤愤不平的是，后起之秀咄咄逼人的架势，让我感到前所未有的危机。

当我把这个苦恼告诉了我的朋友阿社时，阿社哈哈大笑，说，人靠衣裳马靠鞍，你也该包装包装了。

我说，以我现在的地位，我还需要包装吗？

阿社说，那当然，所谓酒香不怕巷子深的年代已经过去，你这瓶老酒也是时候换换新瓶子了。

我说，看来，我是落伍了。

阿社说，让我来包装你吧，保证让你声名大振。

我心动了。我说，你有什么思路呢？

阿社说，当前出名的捷径就是骂名人，你是小名人，就挑个大名人来骂吧。这可是成本低、见效快的包装手段。

我连忙摆摆手，说，这可使不得。

阿社哈哈大笑，骂，可是一门艺术，学术之骂，可分为君子对骂型、泼妇骂街型、疯狗乱咬型等等，因人而异，我会结合你的性格和特点，给你设计开骂的对象和开骂的策略，以及在对骂过程中的各种应急预案。

我说，我有家有室，我可不想为了出名惹上官司。

阿社说，你还记得张三吗？

我说，那小子，怎么能不记得他呢？乳臭未干，竟敢在网上炮轰我。

阿社说，你没发现吗，他骂了你后，名气一路飙升。

我说，如果不是后来我不再跟他一般见识，我非把他批得体无完肤不可！还有，他见我不跟他争论了，最后狗急跳墙，还骂人，还揭隐私，还人身攻击，我差点就把他告到法院去！

阿社笑了，兄台，在商言商，说出来你可不要生气，张三是我一手帮他包装的。

我目瞪口呆，既而勃然大怒，你竟然帮人家来拆我的台！像张三之流的套路，我是不干的！说完我拂手而去。

接下来的日子里，争名夺利的事情不时困扰着我。特别是最近单位评先更是令我饱受煎熬。本来这次评先，以我的业绩与声名，那可是囊中探物。可是令人想不到的是半路突然杀出一个李四。这个李四平时不声不响，关键时刻四处造势，随手一抖，不是N市十大精英，就是最具人气业界年度人物。最后，领导也云里雾里的，把非我莫属的先进给了他。

这件事对我触动很大。我突然发现，经过了这件事后，我不仅不再对阿社心存怨恨，还特别地想念他。

朋友毕竟是朋友，阿社在我最需要安慰的时候找我来了。我紧紧握住阿社的手，兄弟，看来没有包装是不行啊！

阿社眯着眼说，武的不行，那就来文的嘛！我给你扣上几顶高帽子吧，就像你的同事李四……

李四？我愤然起身，指着阿社说，难道李四也是你给包装的？

阿社双手一摊，说，这有什么不妥？

我欲哭无泪,我说,你害死我了!

阿社说,兄弟,N市十大精英算什么?以你今天的成就与地位,我可以把你包装成全国精英。

我慷慨激昂,就凭李四那三脚猫的水平能当上N市十大精英,我就是上全球华人榜也不为过啊!

阿社看到我的情绪终于给调动起来了,无比兴奋地说,包装是一个系统的工程,我们会借助网络的优势,结合其他媒介,辅以各种活动,把你打造成为一个大师级人物。

就这样,阿社开始对我进行全方位的、立体式的包装。首先,阿社在他的网站搞了一个影响全球华人业界精英100人的评选活动,我的排名虽然有点靠后,但是你想想,榜上都有哪些人物?李时珍、蔡伦、袁隆平、杨振宁等等,这叫"托"!紧接着,关于我的报道在网络和本地媒介上狂轰滥炸。

不出所料,开始有人尊称我为大师了。我很受用,心里飘飘然的。但飘飘然过后,我又有点诚惶诚恐的感觉。

阿社看穿了我的心事,对我说,做我们这一行,也讲售后服务,请你谈谈把你包装成为大师后需要我们跟进的问题吧。

我说,我不踏实啊!平时有人叫我老师,我都觉得受之有愧,何况是大师啊!

呵呵,这是角色转变后的一种正常的心理反应,我们有专门的心理辅导。阿社一下子就抓住了症结所在,接着,便娓娓道来,大师这个称谓真的给你带来了压力吗?在这个包装的时代,你要懂得减压,你要这么想,"大"比"老"还低一个等级呢,就像人,是先从"大人"然后才成为"老人"的,所以人家叫你大师时,你要想,这比叫你老师还低一个等级呢,所以,你应该泰然处之……

我豁然开朗,那飘飘然的感觉又来了。我说,在大师面前,你怎么就喋喋不休,没完没了呢?

　　看到我不可一世的眼神,阿社却松了一口气。

　　阿社说,这就对了,请大师付包装费吧!

后包装时代

自从我被阿社打造成为大师后，日子过得相当的滋润。我庆幸当初果断地撕掉迂腐的外衣，走在了包装时代的潮头。

但是，随着时间推移，新的烦恼开始困扰着我，我大师的地位不断受到冲击与侵蚀，这是我始料未及的。这倒不是我的水平受到质疑，而是周围的大师越来越多了。在大师泛滥的年代，大师就像货币通货膨胀一样在不知不觉间就贬值了。

不行，我可是支付了包装费的，我得找阿社理论理论，至少他得退回我一半的钱。

阿社听了我的来意，哈哈大笑，退钱？这怎么可能呢？十多年前我买了一部砖头般的大哥大，那时的价钱可以买套房子呢，几年后那手机才值几个钱，我找谁赔？我6000点时买的股票，现在跌到了3000点，我又找谁赔？

我一时语塞，但心中依然愤愤不平。于是，也顾不得大师的身份，脱口而出地说，什么鸟包装，我不干！

阿社依然笑容可掬，你少安毋躁，包装时代虽然已经崩盘，但颠覆意味着重建，在后包装时代，你的机会将会更大！

我问，当了大师，已经到顶了，还有操作的余地和上升的空间？

阿社说，一切皆有可能。

看到阿社笑眯眯的眼神，我突然想起了上次阿社向我索要包装费的情景，我说，还要收包装费吗？

阿社有点生气了，怎么还要收包装费呢？你上次不是交了吗？

给阿社这么一问，我很惭愧，我说，是交了。

阿社不仅生气了，还把声音的分贝提高了，我上次不是说，做我们这一行也讲售后服务吗？这就是售后服务嘛！

我赶紧打哈哈，误会，误会。

阿社并不理会，接着说，做什么事情，都有个连续性，是吧？就像从包装时代，到后包装时代，这也是连续的嘛，你是大师级的人物了，怎么就没法领会呢？

是呀，作为一个大师，我怎么老是想着钱呢。我惭愧地说，我为刚才要求你退钱向你道歉。

你看你！老朋友了，说话还是这么见外！阿社说着，眼神紧逼过来，你倒说说看，咱们是不是老朋友了？

是啊。

老朋友，更要明算账，是吧？

那当然。

关于你后续的包装工作，你就放心交给我吧，无须再缴交包装费，但是……

但是什么？

管理费还是要按规定收取。

我跳了起来，这也要交管理费？

你看你，怎么就沉不住气呢？在后包装时代，最关键的是什么？就是要沉得住气！

可是，你这不是乱收费吗？

你这是少见多怪！打个比方，就像你买基金，首先要支付一笔申购费,以后呢,每天可都要支付管理费,这还不是一回事嘛。

可是,你上回不是说有售后服务吗?

呵呵,我再举个例子,就像你买电器,在售后服务中,有三个月的退换期,有一年的免费维修期,你总不能要求人家给你终身免费维修吧?换句话说,你的包装工作已过了免费维修期。

想到又要交钱我就心痛,但阿社说得也在情在理,而且关键是我已经无法忍受与张三、李四他们为伍。我说,交了钱,如果达不到预期的效果怎么办?

呵呵,这个你一万个放心,在包装时代,我们是无效退款,在后包装时代,我们是有效才收款!

离开阿社,还在回家的路上,我的手机就响了。是李四的电话,刘大师,哦不,刘老师呀,我刚刚在网上看到了你的《郑重声明》,你措辞严厉地拒绝大师称号,这是为什么呢?

我心里咯噔一下,这是怎么回事呢?我正要发脾气,突然想起了阿社说的要沉得住气的话,便无关痛痒地应付了一通。接着,张三也来了电话,还有朋友、亲戚、同事都来电对事件表示了关注。

一回到家,我马上打电话给阿社,阿社你疯了?大师再不值钱,毕竟也是大师呀,你让我不做大师,那我之前的包装费不是白费了,而且还要再搭进管理费?

阿社在电话那头哈哈大笑,关于你的郑重声明正在网上疯狂转帖,点击率疯狂飙升,呵呵,好戏还在后头呢。

几天后,阿社给我送来了一封邀请函。我一看,是年度大师论坛,我沮丧地说,我现在已经不是大师了,还凑这个热闹干啥?

阿社说,正因为你已经不是大师了,所以才邀请你去给大师们讲讲话嘛。

我一激灵,再看邀请函的抬头,禁不住心花怒放,呵,在包装时代,是从"老师"到"大师",而在后包装时代,是从"大师"到"老师",哦不,是从"老师"到"老"。

阿社马上凑过来,说,没错,刘老,这是收据,请您交纳管理费!

泛包装时代

那天，我闲得发慌，突然想起了阿社。一想到阿社，我心中不禁一愣，应该是一年多没见了吧？

以前去找他，总是找他指点迷津，愁眉苦脸进去，喜笑颜开出来。这些年，在阿社常规包装、超常规包装、非常规包装的轮番轰炸下，我在业界风生水起，可谓是春风得意，名利双收。

我想，我可不是过河拆桥的人，我正闲得无聊呢，该去探望探望阿社了。

但是，如果你认为这仅仅是一种朋友家常式的往来，那未免太肤浅了。已经深谙经营之道的我，每当闲得发慌的时候总喜欢奇思妙想，因此想问题总是深刻一些。我是这样想的：在市场经济的浪潮中，产品的生命力在于升级换代，像阿社，将老师包装为大师，再将大师包装成不是大师，这一来二往的，就把人家推就到顶了，接下来还能再怎么样呢？因此，我得出一个结论，包装业属于夕阳行业！

当我得出这么一个结论的时候，我便为阿社担忧了，一年不见，阿社的公司是否难以为继了？于是，我要去拜访阿社的念头就更强烈了。

当我来到阿社的公司时，阿社他们正干得热火朝天。阿社看到我一脸疑惑，拍了拍我的肩膀，说，兄弟，包装业可是朝阳行业啊！

我皱了皱眉头,说,你把老师整成大师,再把大师整成不是大师,这包装也就到顶了,还朝阳啊?

阿社说,在市场经济的浪潮中,产品的生命力在于升级换代!

我纳闷了,这话好像是我说的哩。

阿社笑了,这么久没来找我,是不是有什么疑难杂症?

我说,咱们可是好朋友,没事就不能来找你吗?

阿社突然正色说,没错了,现在你这种状况,这就是使用后包装时代产品的正常反应了!

我说,莫名其妙!

阿社说,我问你,你得认真回答。你今天没事做吗?

我答,是呀!

阿社问,你最近很闲?

我答,是。

闲得无聊?

是。

闲得发慌?

没错!

阿社摇了摇头,说,这是一个非常危险的信号!

我惊慌失措,那我该怎么办?

阿社突然激动起来,你今天来对了,这说明你也需要升级换代!

我说,可是,我已到顶了!

不!你还有空间!阿社激动地说,包装是一个系统的工程,而你现在的情况就像电脑系统出现漏洞一样,需要补丁。

我说,一派胡言!扯淡!

阿社摇了摇头,语气无比温柔,这段时间来你已经体会了空虚、心慌、无所适从,这是为什么? 这就是高处不胜寒! 用我们专业的术语说,这就是后包装时代综合征……

我说,我都这把年纪了,以今日之声誉,这辈子夫复何求?

阿社说,没错,这辈子是夫复何求,可是下辈子呢?

我说,下一辈?

阿社慷慨激昂地说,人生自古谁无死,留此丹心照汗青! 一个有成就的人,怎能不考虑身后事呢?

我沉默了。

阿社接着说,要不,这段时间你怎么会感受到空虚、心慌呢? 要不,你今天怎么会想起我呢?

话虽说到我的心坎上去,但我还是觉得匪夷所思,我说,这又关包装何干?

阿社说,虎死留皮,人死留名。人,总难免一死,我们现在的包装产品就是针对死后的包装。

我说,既然死了,又如何知道你们怎样包装的呢?

问得好! 阿社哈哈大笑,从协议的签订到方案的实施,全过程都由律师进行见证,这你还不放心?

见我还在犹豫不决,阿社拿出了两份卷宗,说,你看,这一份是张三的,一份是李四的,张三和李四都做了,你能不做吗? 你想想,如果你不做,后人记住的将是张三李四的名字,而你却为后人所淡忘,这值吗?

那如何操作呢?

我们公司推出了 A、B、C 三款套餐供选择,简单说吧,C 套餐是安排去世后的一些文字报道以及发表一些追思性的文章;B 套餐是在 C 套餐的基础上,增加一些悼念和追思活动,形成效应;A

英雄寂寞

套餐是在 B 套餐的基础上，把包装的启动时间往前推移到生前的弥留之际，当然，形式将会更丰富，比如……

行了，行了！我打断了阿社的话，说，你就说张三、李四他们选了什么套餐！

阿社说，他们选的是 A 套餐。

我狠狠地说，他们凭什么选 A 套餐？

阿社说，你少安毋躁，看在我们俩多年交情的分上，我就给你搞个度身定做的加强版 A 套餐，这不就行了吗？

几天后，阿社打我电话，说，方案已策划好了，协议也准备好了，律师也来了，就等我来签字。

我兴冲冲地赶到阿社的公司，签字、见证、交费，一口气办完了。我见阿社没有下文，觉得奇怪，问，就这样？

是呀。阿社说。

我不满地说，难道方案不用当事人过目吗？

阿社说，为了避免可能会给当事人生前产生哪怕是一丁点的负面影响，在执行前，我们对所有人包括当事人都是高度保密的。

我说，那我又如何知道是否达到我要的效果呢？

阿社说，你看你，都这把年纪了，还是沉不住气。

我无言以对。但我又心有不甘，我趁阿社转身时，偷偷地拉出卷宗里的资料一看，马上又塞回去了。

那是一篇文章的提纲，标题是：一个时代的结束。

零包装时代

在阿社层出不穷地包装下，我终于明白包装原来是一个挑战性极高的行业。当我向阿社表达这个观点时，阿社开心地笑了。

于是，我不失时机地说，我再让你挑战挑战吧。

阿社说，还有什么可以难倒我的呢？

我说，我有一个哥们叫石头，这么多年了，一直冒不出头，你看咋整？

阿社说，冒不出头有两种可能，第一种是有能力但没有出头，第二种是没能力所以没出头。

我说，肯定是属于第二种。

阿社说，第二种也有两种可能，第一是没能力出头却想出头，第二是没能力出头也不想出头。

实不相瞒，他应该属于第二类。

既然没能力出头也不想出头，那还来找我干啥？

我不是说了吗，石头是我的哥们，我必须帮他，改变他。

这不是皇上不急太监急吗？

我说，应该是巧妇难为无米之炊吧。

阿社却笑了，只要肯付包装费，做一次无米之炊又何妨？

我见阿社答应了，当天下午便急不可待地把石头带到阿社的公司。阿社见到石头那张困难的脸，眉头马上皱得紧紧地，似乎后悔答应了我。

而石头还一百个不愿意,嚷道,我看你们能整出个啥名堂,这不是瞎折腾吗?

我连忙踢了石头一脚,对阿社说,他就是这副德行,千万不要计较!

阿社反而给逗笑了,问石头,你想当名人吗?

石头反问,想就能当上吗?

阿社说,你只回答想还是不想就行了。

想。石头马上又改口,不想!

为什么不想?

我这种人能当名人? 你脑袋进水啦?

我就是要让你这种人当上名人,关键是你自己想不想?

石头哼了一声,说,我倒是要看看你有什么本事让我当上名人。

阿社突然起身,大声说,你只回答想还是不想!

想! 石头说。

阿社说,那好办,我安排你做什么你就做什么,OK?

石头说,那得看我能不能做得到。

阿社说,你放心,完全在你的能力之内。

石头说,好! 但是,我也有两个条件。

阿社说,你说吧。

石头说,第一,我不做假。

我连忙插话,只要不违法乱纪,做点儿假,也情有可原。

想不到阿社说,我同意。

石头又说,第二,我不作秀。

我马上打住,只要无伤大雅,怎能不作秀呢? 看看人家外国的总统,有几个不作秀的?

阿社竟然又答应了石头,没问题。

接着,阿社问石头,你学过书法吗?

我捂着嘴笑了。

阿社说,明天有个名家书画展,我打算安排石头参加,现场挥毫。

石头叫了起来,这怎么可能呢?这不在我的能力之内,我不干!

阿社说,你平时怎样写就怎样写,怎么又不在你的能力之内呢?

第二天,我连哄带骗地把石头拉到了名家书画展现场。开幕式特地安排了一些名家上场即席挥毫。而在阿社的操作下,石头最后一个上场。

石头很紧张,伸出去准备拿毛笔的右手不断在颤抖。阿社却随手在地上捡了一条小竹条递给了他,说,就用这个。

石头疑惑地问,写什么?

阿社笑了笑,就写道法自然,记得写落款,就是你的名字和时间。

石头写完后,现场响起了热烈的掌声。最后石头的这幅作品以当天的最高价给一位企业家拍走了。

第二次,阿社对石头说,有一个重要的文艺晚会,其中有个舞蹈节目,你要上台。

石头叫了起来,我连慢三慢四都不懂,还要上台跳舞?

阿社说,不是叫你跳慢三慢四,是跳现代舞。

我也认为这样实在是太为难石头了,于是也忍不住说,他一窍不通,如何跳?

阿社说，想怎样跳就怎样跳，随心所欲。

我转而安慰石头，实在不行，就喝几两酒再上台吧。

那天晚上，石头果真灌下了半斤白酒，穿着一条皱巴巴的红格子短裤上台了。令我大跌眼镜的是，在台上张牙舞爪胡蹦乱跳的石头竟然得了金奖。评委说，这是他出道以来看到的最好的原生态舞蹈。还有评委说，这种跳法可能会成为今年的风向标。

第三次，阿社对石头说，有个重要的商业活动，你去跟模特们一起走 T 台吧。

石头问，时装表演？

阿社说，你还是穿你上次的那条皱巴巴的红格子短裤吧！

这时的石头，已经没有先前的大惊小怪，而是问，是不是平时怎样走就怎样走？

阿社说，是。

毫无悬念，这次时装表演吸引了众多眼球，石头又火了一把。

随着石头的持续走红，石头参加的活动便多了起来，而我与石头见面的机会却越来越少了。

最后一次见面是我和阿社一起去为石头送机，石头要飞赴一个著名的景区，去担任景区新推出的裸体船夫和裸体轿夫项目的形象代言人。

看着石头渐渐融进人群的背影，阿社叹道，石头是野生的，不适合人工圈养。

我问，石头现象的出现是不是意味着零包装时代的到来？

阿社意味深长地说，开始，就是结束。

晚包装时代

父亲退休后,整天郁郁寡欢。

家里人都不由自主地认为这是退休综合征,虽然不正常,但也是意料之中的事。于是,大家都想方设法开导他。

想不到父亲的脾气变得更加暴躁、古怪。父亲生气地说,这是哪门子的事,在位时工作压力太大,整天戴着面具做人,现在终于退休了,高兴还来不及呢。

为此,我特地背着父亲召开了几次家庭会议,最终达成了几方面的共识,如:今后对父亲要养成早请示晚汇报的习惯,遇到重大事项还必须采用书面形式;对原来聚会式的家庭会议进行改革,力求规范化,要有议程,关键是议程的最后一项必须是请父亲作重要讲话或重大指示;必要时,对现有书房按他原来的办公室格调进行装修改造等等。

想不到父亲看出了端倪,把我们狠狠地训了一顿,你们是不是小说看多了,这些摆明就是那些狗屁小说家们杜撰出来的情节嘛。

我赔着笑脸说,我们也是希望您退休后的生活多姿多彩,并且希望您能把在单位的管理理念引进到家庭管理,这对于促进家庭的和谐必将产生积极的意义。

父亲说,我还看过一篇小说,说是有个退下来的领导,闲得没事,定期召集一帮邻居来家里开会做报告,完了还管吃,小子,你也愿意老子干这种事吗?

父亲的话终于让我明白文学高于生活的道理,从此,我们再也不敢在父亲面前提及这些馊主意。但是,父亲退休后的无所事事还是让我这个当儿子的操心不已。

当我把这个心事跟阿社说时,阿社哈哈大笑,那你叫伯父来我这里上班吧,省得他闷出病来。

来你这里上班?

对呀,他爱怎么上班就怎么上班,随心所欲。

我爸可是从重要领导岗位退下来的,他怎么会来你这里打工呢?

这可不是打工,我可以给他职务,让他挂个顾问,高级顾问也行,再给他安排个办公室,这样感觉体面了吧?阿社说。

有这等好事?该不会还有工资吧?我半信半疑。

想不到阿社答得毫不含糊,确实有工资!

我看着阿社,良久,我说,阿社你不要卖关子,就直说了吧!

哦,是这样的,这是我们公司最近推出的退休干部服务方案,为此,我们公司特别设立了顾问、高级顾问、名誉顾问、荣誉顾问等一系列的职务,当然,也有一些相对实一点的,如由我公司主导的学会、研究会、促进会等组织的理事、常务理事、副会长等等,可以有工资,工资也可高可低。

我明白了,这工资就出在由子女交纳的包装费里。

阿社笑道,你一点就明,这兜兜转转的,最后还不是尽个孝心,图老人家开心?

那办公室又怎么算呢?我问。

阿社说,咱也不拐弯抹角了,这羊毛还是出在羊身上。

我环视了阿社这间地处 CBD 的高级写字楼,吐了吐舌头,说,就给小小的十平方,都得多少钱呀?

职务与办公室是相匹配的,这方面我们有不同的服务套餐。近期我们公司紧贴市场,还推出了新的办公室使用模式,这有点类似于"日租房""钟点房",因为有些老同志不是天天来的,为了避免不必要的浪费和负担,可以度身定做,每个月或每个星期固定哪几天,也可以临时提前预约办公时间。当然,这里的租金太贵,场地也有限,我们还特地在老城区租下了一层楼,以满足不同层次的客户的需求。阿社给我作了详尽的解释。

回家后,我特地向父亲说起阿社想聘请他当公司顾问一事。父亲说,这个可以考虑。什么?还有工资?这个就不用了吧!不过,象征性拿点也未尝不可。

这么一说,父亲算是答应了。为此,我还给父亲订了一间办公室,我故意跟父亲说,人家办公场地也比较紧张,你就一周去两天吧?父亲开心地说,理解,理解!

阿社也算够意思,买一送一,在他的研究会里面给我父亲安排了一个理事。

一个月后,父亲已经舒展开的眉头又开始紧锁起来,经我再三追问,父亲才说,张三的父亲也去了阿社的公司,可是人家聘的是高级顾问,张三的父亲曾经是他的老部下,这叫他面子往哪里搁?

我说,我还以为什么事情呢,明天就叫阿社把您改为高级顾问不就得啦!

又过了一个月,那天,父亲回到家,气冲冲地说,这个老李,真是不是冤家不聚头,在单位里给他压了大半辈子,退休了,还要给他压住。

原来,李四也偷偷地给他父亲报了名,在阿社的研究会里挂了一个副会长,就这样"继续"成了我父亲的领导。

我说,爸爸您别急,我亲自去找阿社,让他换届,由您来当这个研究会的常务副会长。

从此以后,父亲乐此不疲,日子过得更加活泛了。

包装时代 +

阿社突然打电话问我，小罗是不是混不下去了？

我惊讶，你怎么知道？

阿社反问，我怎么不知道？

我说，听说村口卖鸡蛋的老爷爷老奶奶越来越多，这小生意也难做啊！

阿社说，叫他来见我吧。

这让我感到非常意外，我喷了一句，是不是上回吃了人家的土鸡蛋，嘴软了？

想到阿社之前多次拒绝了小罗，我生怕阿社反悔，赶紧联系了小罗。

当我和小罗来到了阿社的公司，前台的迎宾小姐礼貌地示意我们在前台的沙发等候。这让我非常不快，以前我来找阿社，都是长驱直入的。我问，你们老板有客人？

迎宾小姐反问，您有预约吗？

之前跟阿社打了电话。我说。

没有具体时间，那您得等一下，我会安排时间。迎宾小姐说。

正说着，张三来了，迎宾小姐竟然直接把张三带进阿社办公室。我强忍心中的不满，质问刚返回的迎宾小姐，这是怎么回事啊？

迎宾小姐笑容可掬，张先生已提前在线上预约了这个时间。

等就等吧。但是，张三出来的时候，向我打招呼，还在等啊。本来很客套的一句话，让我很不是滋味。更过分的是，迎宾小姐过来说，石头和丫蛋夫妇线上预约了三点半，现在还有七分钟的时间，如果您想先进去的话，洽谈时间请控制在五分钟内，要不，您就要排在石头夫妇的后面了。

我想，五分钟就五分钟吧，待会再让石头和丫蛋看到我在这里等候，情何以堪？

阿社似乎看出我对等候的不满，白了我一眼，在大数据时代没有一点互联网思维怎么行呢？

也就是从这句话开始，阿社向小罗分析了土鸡蛋与O2O营销模式、土鸡蛋与团购商场模式以及土鸡蛋与众筹模式。

听到最后，小罗像打了鸡血一样，无比兴奋地说，我要用互联网思维经营好传统的鸡蛋生意，誓做鸡蛋行业的雕爷！

我觉得非常不靠谱，说，现在放高利贷都改叫资本运作了，再扯上互联网，就变成互联网金融了。小罗你一个卖土鸡蛋的，搞个二维码难道就成了O2O？

说真的，我希望小罗能够踏踏实实地做点事情。想不到小罗对我说，刘叔叔，十年前我没有赶上淘宝创业，五年前我又错过了社交网络创业，去年我错过了做微商，现在我不能再错过互联网思维创业了。

阿社拍了拍小罗的肩膀，说，没错，只要有梦想，有情怀，就能够改变世界！然后，又对我说，五分钟到了，我还约了石头和丫蛋。

离开阿社办公室，我突然对这个世界有一种陌生的感觉，而且，一种莫名的失落感油然而生。

一个月后，阿社邀我一起去看小罗。我想，正好家里土鸡蛋吃完了,顺便买些回来。

将到村口,远远看到小罗的摊档排起了长队。阿社得意扬扬地问我,怎么样? 我开心地说,这小子行啊。

我们等到人群散去,才出现在小罗面前。

我发现小罗还卖剩一箱土鸡蛋,喜出望外,这箱就卖给我了,我一边说一边掏钱包。

小罗尴尬地说,这箱已经预定了,要不我明天直接送一箱到您家里。

只见阿社笑呵呵地掏出手机,晃几晃,划几划,就把最后一箱土鸡蛋拿到手了。

旁边有一个老阿婆似乎看不过眼,过来打抱不平,嚷道,这鸡蛋给钱买还不要,你说他是不是脑袋有问题啊?

阿社对老阿婆说,这是线上预定,叫O2O,您懂吗?

老阿婆恨恨地说,这些天,大家都拿着手机在晃,不用给钱,鸡蛋就拿走了,害得我们这些老家伙的生意都不用做了,这是什么鬼把戏啊!

老阿婆摇着头,边走边说,疯掉了! 简直疯掉了!

望着老阿婆渐行渐远的身影,我不胜嘘唏。阿社抓住时机,无比诚恳地说,请接受包装 + 互联网思维的洗礼吧,果断地拿出你的手机,线上签约简单快捷!

我说,我再考虑考虑吧。

刚刚收到的推送信息,张三、李四分别在 4 分钟前和 2 分钟前完成了签约,难道你还需要考虑吗?

于是,我在阿社的协助下,非常顺利地完成了线上签约和线上支付。

阿社得意扬扬地说, 刚才公司新成立的大数据部发过来的数据显示,近三年你在我公司共签约 39 次,其中有 36 次晚于张三,33 次晚于李四,平均时间差为 23 时 56 分 41 秒,时差走势呈 46° 抛物线形状……

我目瞪口呆。

阿社继续说,而这一次的平均时间差为 3 分 15 秒,恭喜你,这是一个新的纪录!

肥胖症

公元 2345 年，土豆终于离开了几千年以来他们一直安置在土壤里的家，把家搬到了树枝上。

第一个长在枝头上的土豆睁开眼睛的时候，第一眼看到的是全球闻名的科学家、人称土豆之父的冉教授。此时的冉教授满脸春风，按捺不住内心的兴奋，正在向记者们介绍他最新的科研成果——颠覆传统的新生土豆。他通过改变土豆的基因，让它像小树般茁壮成长，让它走出土壤攀上枝头，成为挂在树枝上的果实。

对于土豆而言，离开祖祖辈辈赖以生存的土壤，这是一个痛苦的抉择。但是，土豆没有选择的余地，冉教授也没有选择的余地，2345 年的土壤受到人类前所未有的污染与破坏，已经不再适合土豆生长。土豆要么是接受一个物种灭绝的厄运，要么是寻找新的生存空间。而这个伟大的任务当仁不让地落到了冉教授身上。

阳光是那么的温柔和甜美，一群快乐的土豆们正在阳光下尽情地欢呼雀跃，它们甚至感慨几千年来先辈们在黑暗和潮湿的土壤里的沉闷生活是怎样度过的。

而在冉教授这个实验农场，冉教授五岁的儿子小豆豆，也在土豆树下嬉闹玩耍。无疑，父亲的实验农场是他的乐园。聪明伶俐的小豆豆用竹竿打下树上的土豆，当成小皮球来玩弄。更让小豆豆感到亲切的是,父亲对于亲自培植出来的土豆,总能做出各种各样的美味,父亲说,要把天底下最好吃的土豆给他吃。

但是,冉教授显然并不满足于改变土豆生长环境这一成果,即使这一成果已被誉为农业发展史上的划时代事件。

那天,冉教授一边抚摸着圆满滑润的土豆,一边对记者说,不久的将来,这群可爱的小家伙将会长成巨无霸,一个个几十斤的土豆将挂满枝头,亩产三百吨已不是神话。

冉教授还说,人类追求与享受科学技术发展的成果是永无止境的,他也有义务与责任为人类的发展寻求更有保障的粮食。

成为巨无霸?这是土豆们想都不敢想的事情,如今却要在它们身上实现。它们甚至还来不及想象成为巨无霸该会是什么样子时,它们的身体已经在迅速长大。

在身躯不断膨胀的同时,它们的脑袋却在不断地萎缩,笨重的身体不再像以前那样蹦跳,呆滞的眼神看不到往日的一丝俏皮。

土豆正在按照冉教授的培育计划如期成长。但是,令冉教授不安的是,他真真切切地感受到土豆正渐渐地失去了作为粮食所应该具有的灵性。

这是一个令人窒息的黄昏,实验农场花红叶绿,五彩缤纷的各种瓜果分外耀眼。

冉教授坐在土豆树下,数着树上的土豆。而曾经欢呼雀跃的土豆们正流着口水,对冉教授报以痴痴的傻笑。这让他想起了吃土豆长大的小豆豆,这段时间以来,小豆豆也在疯狂地长肉,去了几趟医院仍无法控制,仅五岁,体重突然升到五十多斤。

这时的小豆豆,正靠着冉教授的右臂睡着了,口水在小豆豆的腮帮和脖子恣意纵横。

这几天,冉教授在同样的位置,用同样的姿势一直在思索着同样的一个问题:科学让人类变得更加聪明,而聪明的人类却又常常利用科学干傻事。

　　想到这里,冉教授抬头望了一眼那硕果累累的一树土豆,又低头无限深情地看了看臂弯里的儿子，一代科学家，竟也无奈地、傻傻地笑了。

臆想症

　　星仔在这群流浪少年中总是显得有点另类。

　　星仔潜意识里看不起他们,常常对他们的一些言行嗤之以鼻。而这群流浪少年看另类的星仔也一百个不顺眼,常常自恃人多势广,处处欺压星仔。

　　每当星仔抚摸着被同伙拳打脚踢出来的瘀青时,心底狠狠地说,我身上流着的是高贵的血液,怎能与你们一般见识?

　　星仔自小就是孤儿,他从未见过他的父母,关于他的身世,星仔的脑海是一片空白。但不知从什么时候开始,星仔就坚定地认为他的父亲应该是一个有钱人。有这样的美好愿望一点也不奇怪,没有人不希望自己的老爸是个有钱人,没有人认为自己天生就应该是低贱的。

　　这个念头在星仔心中扎根后,便疯狂滋长与蔓延起来。星仔甚至对村里所有的有钱人逐一进行排查,最后把嫌疑人选锁定在村里首富山狗身上。

　　那是一个月光皎洁的夜晚,在路边树丛中潜伏已久的星仔突然跳了出来,把山狗挡在路中间。

　　山狗吓了一跳,眼睛瞪得圆圆的,然后,脖子上的青筋暴涨起来。

　　星仔结结巴巴,但还是把话大声地说了出来:"你……是不是……我的父亲?"

话音未落，山狗一个巴掌狠狠地往星仔的左脸扣下去，然后也结结巴巴地回应道："兔……崽……子！"

浓郁的酒气把星仔逼退了两步，星仔顺势逃似的跑了。山狗不依不饶，追上去，一把抓住星仔的后衣领。

星仔转过身，山狗随即用左手又在星仔的右脸补了一记耳光，算是完成一次左右开弓。

"兔崽子，想钱吧？还不简单！"说完，从钱包里掏出一沓钞票，甩给了星仔。

往后的日子里，每当星仔想到那个令他心有余悸的夜晚，总是喃喃自语，这不是我的父亲，我的父亲不应该是这样的！

那么，父亲该是怎么样的呢？星仔又重新在心里描绘他心目中的父亲，然后，怀里揣着第一笔钱来到镇里，继续寻找他的父亲。

这一回，星仔把人选锁定在镇里首富梁七身上。这个梁七，除了有钱，就是看得顺眼。顺眼很重要，这或许就是所谓的缘分吧。

但是梁七并不是那么容易接近的。也正因为不容易接近，星仔认亲的心情就更加迫切了。那天，星仔跟踪到梁七参加一个奠基活动，星仔想，机不可失，时不再来。于是，星仔激动地冲进人群，双脚跪地抱住梁七右腿，喊道："爸爸，你是我的爸爸！"

梁七一时间吓得脸如土色，一边骂神经病，一边拼命甩着右腿，想把星仔甩掉，但星仔抓得紧紧的。旁边马上拥上几个大汉，强行把星仔的双手掰开，然后把星仔撵走了。

星仔灰溜溜地回到栖身的桥底，却见一个男人凶神恶煞地等着他。星仔见来者不善，转身想跑，却给男人一把抓住了。男人说："说！是谁叫你这么做的？你究竟想怎么样？"

星仔惊恐地说:"是我自己，我只是觉得他应该是我的父亲。"

"扯淡！梁先生怎么会冒出你这样的儿子？"

"不,我真的觉得我就是他的儿子。"星仔说。

男人从口袋里掏出一个鼓鼓的牛皮信封,往地上一丢,说:"这些钱拿去花吧,但是,赶快给我滚,有多远给我死多远！"

"他真的是我父亲！"星仔说。

男人脸上的横肉抽搐了一下,手里不知什么时候多出了一把匕首,在自己脖子的位置比画了一下。"你看着办吧！"男人说完,扬长而去。星仔早已吓得双脚发抖,捡起地上的牛皮信封,当天就逃离小镇。

星仔往县城的方向去,一路上,星仔继续寻找他心中的父亲。

到了县城,星仔就不再流浪了。星仔在县城做起了生意,生意由小到大,最终也成了一个有钱人。

成了有钱人的星仔,寻找父亲的梦想不仅没有泯灭,而且还有了更进一步的要求。星仔想,有钱其实也没什么大不了的,关键是父亲作为一个有钱人的同时，也应该是一个有地位的人。

那是一个重要的饭局。星仔与某位要人吃饭,酒过三巡,面对举止高贵的要人,星仔在过来敬酒时竟然情不自禁喊了一声"爸爸"！

全桌的人霎时呆住了,不知如何是好。只见要人愤然起身,当即给了星仔一巴掌,说:"饭可以乱吃,话可不能乱说！"

星仔无地自容,夺门而出。

"回来！"要人厉声喝住。星仔诚惶诚恐地回到要人面前,低头垂手,像一个做错事等待挨批的孩子。

要人摸了摸星仔的头,脸色突然变得无限慈祥,说:"你就做我的干儿子吧!"

英雄寂寞

记忆力衰退

　　女人忙完了家务，一个人待在屋里。空气很沉闷，弥漫着早上男人烙烧饼的烟熏味儿，这味道日复一日，似乎是浇了一层又一层，让人喘不过气来。

　　女人就去串王婆的门。王婆家有窗，吹进来的风让整个屋子荡漾着淡淡的槐花香味，让人觉得无比清爽。

　　女人的眼光游离在窗外的街道。看车水马龙，看人来车往。女人想，今天男人该会早点回来吧。想着想着，女人又折回自己的屋里，忙碌起来。

　　华灯初上。应该是男人回家的时候了。男人还是没有回来，今天又怎能比往日迟归呢？女人又往王婆家走，透过窗户，眼光往大街尽头眺望。

　　王婆走过来，轻轻拍了拍女人的肩膀，说，我都知道今天是你的生日，这个武大，怎么连妻子的生日都给忘记了呢？

　　女人无语。王婆又说，这烧饼卖多几个就能发达了？非得卖完才收摊？

　　终于，盼到男人回来了。男人人未进门，声音先到，呵呵，今天多烙了一打，还是卖完了。然后，男人喊饿。男人吃完饭，喊了一声好累，背往床板一粘，呼噜声便响遍了屋子里的每一个角落。

　　女人想，哪怕是说一声生日快乐，她都认为就是莫大的幸福了。但是,所谓的幸福没有到来,女人愤怒、悲伤、哀怨……

日子终需要过,她没有像其他女人般兴风作浪。乏味的日子延续到元宵节。女人想,好几天前,男男女女们都在张罗着这个节日了。谁能不知道呢? 这不像生日需要提醒吧?

说到提醒,去年的时候,有迹象表明男人好像是要忘记了她的生日时,她提醒了他。

男人怀着极为内疚的心情为她做了一个大大的烧饼。男人憨憨地笑了,说,这是他武大这辈子烙的最大的烧饼。女人说,这是她这辈子中过得最难忘的生日。那天,女人还说,以后不许你忘记我的生日,以后我再也不提醒你了。

这是一句玩笑话,也是严肃的。真的不可以再提醒了吗? 女人也没回答,一个简单的问题,想多了,却变得复杂起来。好在,这回是真的不必要提醒了,换句话说,这回是大街小巷都在时时刻刻地提醒着他。

天还没亮,女人还在睡意蒙眬中,男人就起床了,男人跟她说,今天是元宵节,他要多烙十打烧饼,而且今天不用等他吃饭了,可能要卖到深夜。男人又重复了一句,今晚情人们走元宵,生意才好做呢。

女人在半梦半醒之间应了一声。

这是漫长的一天一夜。女人没有外出,也不敢外出。她受不了情人们出双入对、情意绵绵对她眼球的刺激。在喧哗中被抛弃的寂寞比一个人独处的寂寞要痛苦得多。

打这过后,女人认为,这日子无法过了。女人对男人说,这个家太沉闷了,她快要窒息了。

男人说,也是,空气不流通,找天,咱在墙上开扇窗。

一个简易的窗户终于打通了,一扇竹篾编的窗门往外一推,再用竹竿一撑,阳光便流淌进来,晒得屋里的人都暖洋洋的。

于是,女人每天起床后的第一件事,就是把窗打开。晚上,再把窗门放下。

那天,女人像以往那样懒懒散散起了床。而男人照常早已卖烧饼去了。

女人要去打开那扇窗户,经过饭桌,松懈的眼睛突然被餐桌上的一个精致的小罐子吸引住了。

胭脂?!

蓦地,女人泪眼婆娑,继而嘤嘤噎噎地哭了起来。是啊,哪个女人不喜欢胭脂。

女人看了男人留下的纸条,女人怔住了,今天是结婚纪念日?

女人放声哭泣,让喜极而泣的泪水在她的脸庞恣意纵横。

女人想,这结婚纪念日她怎么能忘记了呢?那么她忘记的还有男人的生日,结婚纪念日的前两天就是男人的生日。

女人很内疚。

内疚的女人转念又想,男人怎能买这个低档的胭脂给她呢?难道男人忘记了她曾经说过的话,她喜欢胭脂,她也可以没有胭脂,但她决不会用如此低档的胭脂。还有,难道男人忘记了自己曾经说,他不喜欢抹胭脂的女人?

女人想着想着,整个屋子渐渐地弥漫着浓郁的忧伤。女人把窗户推开,再用竹竿撑起。一阵清新的晨风迎面吹来,似乎急着要将满屋的忧伤驱散。

女人随手将小罐子往窗外一抛。窗外传来一个被砸了头的倒霉男人埋怨的声音,那声音在女人的耳边久久回旋。

女人隐隐约约感到,她的一生将因为这扇临街的窗而改变。

碰 撞

男人跨上摩托车,右脚使劲一蹬,只听到"轰"一声,一股浓浓的黑烟从排气管冲了出来。

男人想,幸亏有这辆摩托车,这几天捞捞外快,攒点钱回家过年,要不,连路费都没着落呢。

男人的摩托车是外地牌,而且是套牌的。外地牌进不了城,只能在城乡接合部游荡。其实,这城市的边缘地带也是"摩的"搭客的黄金地带,像他这辆破摩托车,最适合在这里载些打工仔和打工妹了。

可是越接近年关,有关部门查得越严,不仅查车牌,还查养路费,查交强险,最近还加大了查处摩托车非法载客的力度。男人整天战战兢兢,以至于有时候突然间看到穿着绿色或蓝色制服的身影时,手脚就发软,心跳莫名其妙地加快。这也是一种煎熬。因此,跨上摩托车的那一刻,男人就狠狠地对自己说,再干多一天,就收手了!

男人远远地看见路边有一个女人站着。男人一脸的兴奋,像是发现猎物一样,凭借这些天积累下来的经验,他快速地朝女人驶了过去。

女人正在路边东张西望。远远地,她也看到前面开来一辆摩托车。女人似乎期待已久,也像发现猎物一样,兴奋地挥挥手。女人挥手时,是充满自信的。根据自己敏锐的判断能力,那是一辆

"摩的"无疑。

女人说了地点,讲了价钱,就跨上了男人的摩托车。女人对这一片很熟悉,在后面指挥着男人如何如何走。

女人想,今天坐了这趟"摩的",领到奖金,就不干了,就可以回家了。

前面是一个十字路口。女人对男人说,前面右转后靠边停,我下车。

男人应了一声,于是在右转时,摩托车一边放慢速度一边往右边靠。可是,这个弯一转完,男人才发现等着他的是几个穿着制服的男人。

女人突然喊道,同志,这里有一个!

检查人员阔步拦截出来。只见男人突然加大油门,一个急转弯,掉头就跑。

车后的女人一个趔趄,连忙抓住男人的肩膀,惊慌失措地叫道,停车! 停车!

男人咬牙切齿,臭婊子,我与你无冤无仇……

男人话刚未落,迎面快速开来了一部泥头车。"砰"的一声巨响,男人和女人连人带车被卷入了泥头车底……

男人的家属从大老远的地方赶来了。女人的家属也从大老远的地方赶来了。两家相见,分外眼红。

女人的男人瞪着血红的双眼,咆哮着,她的女人是正义的,是这个男人做了违法的事,害己又累人。

男人的女人呼天抢地,骂那女人坏心眼,害死了她的男人。

家属的脑子里塞满了悲痛与愤怒,除了哭还是哭。倒是这两家人带来的族里的老大,帮着事主忙前忙后。这两个老大毕竟理智些,除了安慰事主,还要跟对方打交道,这一来二往的便熟稔起来。一问对方,原来还是隔壁村的乡亲呢,于是就成了能说上话的谈判对手。想到死去的男人和女人支离破碎,你中有我,我中有你,就各自安慰家属,想必这两人是前世的冤家,今生的孽缘,让他们自个儿做个了断吧,免得殃及活着的人。还说,复杂问题简单处理,什么见鬼的责任,赔偿金全都二一添作五,死去的人已经死了,活着的人还得活下去,是不?

双方的家属刚开始很难接受,后来想想也有道理,人死不能复生,活着的人再这样折磨下去也不是办法。

两个族里老大有商有量,善后工作办得顺利、省心,一些事情合在一起做还节约了不少开支。最后,回到村里,丧事草草办妥,在男人与女人的村子中间的田地里,堆起了两个小小的墓冢。

次年春天,万物复苏。这两个小小的墓冢也长出了绿油油的青草。清明节还没有到来,这天,男人的女人来了,带来了供品,虔诚地上了三根香。女人走后不久,那死去的女人的男人也来了,他带来了一把铁铲,给墓冢除除杂草,然后再给加加土。

第二天.这男人与女人提着大包小包的行李,踏上了开往那座城市的列车……

见个面咋就那么难呢

刚结束上岗培训，第一天上班，主任就把一张目标客户清单往张大可办公桌上一丢，说，照着上面的电话一个个打。

张大可战战兢兢，生怕电话讲砸了，赶紧从抽屉里拿出上岗培训的讲义，翻到《电话营销话术》那一课，放在电话旁，然后拨了第一个电话。

"李先生，您好！我是人寿保险公司的理财经理张大可，非常开心能与您通话！李先生，我们的客户都在担心自己的资产贬值，相信您也有这样的担心！所以我公司专门为客户设计了一款保本、增值而且具有保险功能的产品，想给您做个介绍，不知道您星期三还是星期四有时间呢？"

张大可照着讲义大汗淋漓读完了这段开场白，正忖量对方是否也像讲义那样回答"你们怎么知道我的电话"时，电话那头却传来"嘟、嘟、嘟"的声音。什么时候挂的，张大可也搞不清楚。

张大可按照这段话，又给陈女士打了电话，果然，陈女士说："你们怎么知道我的电话？"

张大可赶紧念："哦！是您的一位朋友介绍的！她说您和她聊起过您对通货膨胀的担心，刚好我们的产品有保值、保险的功能，给您介绍一下，也许能打开一下思路！您看，您是星期三上午还是下午方便？

"我没空！"陈女士说完就挂了。

又碰了一鼻子灰，张大可有点失望。张大可又给了郭小姐打了电话。一来二往，郭小姐还真的说："直接在电话中讲就可以了。"

张大可赶紧应对："当然可以了！不过我们这个产品是根据每个客户不同的情况和想法，做一个组合设计，还是当面谈更好！您是星期三上午十点还是下午三点方便呢？"

郭小姐说："见面就不用了，再见！"

好不容易说了三个回合，又黄了。但电话还得继续打，这是今天的任务。让张大可意想不到的是，所谓的目标客户，比想象中的还难应付，提出的问题都很刁钻，有的甚至还骂他"神经病"。

张大可很沮丧，心想，约见个面咋就那么难呢？

差不多要下班了，张大可又拨了一个电话，心里狠狠地说，这是最后一个了，就不信不成功！

张大可就像之前面那样自我介绍："刘先生，您好！我是人寿保险公司的理财经理张大可……"

"你们怎么知道我的电话？"电话那头刘先生回答得轻声细语。

张大可于是说："哦！是您的一位朋友介绍的！他说您和他聊起过您对通货膨胀的担心，刚好我们的产品有保值、保险的功能，给您介绍一下，也许能打开一下思路！您看，您是星期三上午还是下午方便？"

"直接在电话中讲就可以了。"

"当然可以了！不过我们这个产品是根据每个客户不同的情况和想法，做一个组合设计，还是当面谈更好！您是星期三上午十点还是下午三点方便呢？"

"我没有时间。"神了！刘先生的应答还真的与讲义的一模一样。

"难怪您那么成功！这么忙！知道您忙,所以我才打电话和您约时间！不会占用您太多时间,只要大约十五分钟就可以了！"

刘先生显得很有耐心,说:"我没兴趣。"

张大可一下子信心来了,也不用看讲义了,脱可而出:"当然了！您现在没有了解,当然没有兴趣了！不过我保证您了解以后,一定会有兴趣！如果我给您介绍以后您还没有兴趣的话,我保证马上就走,绝不耽误您一分钟时间,您看,您是星期三上午十点半还是下午三点半有时间呢？"

"你讲的时间我都不方便。"

"哎哟！真是不巧！难怪您那么成功,这么忙！那您不反对我们见一面吧？"

"不反对！"

"那星期五应该有时间吧，是上午十点半还是下午三点半呢？"

"那就星期五下午三点半吧！"

"好的,非常感谢刘先生,星期五下午三点半我会准时到,再见！"

"再见！"

张大可挂了电话,开心地跳了起来,脸蛋早已兴奋得通红通红的,惹得同事们投来了羡慕的眼光。

可是,当张大可坐下来时,却犯愁了:星期五该不该去见刘先生呢？

这个刘先生,可是张大可的上司,电话号码是他在公司的通讯录里找出来的。

朋　友

建安五年，那时的刘关张还投靠在袁绍那里，曹操与袁绍打战，把袁绍的军队打得落花流水，并把关羽给俘虏了。

曹操求才若渴，希望关羽能留在曹营，因此对关羽很是敬重。

关羽虽然留了下来，但心中念念不忘的是他的大哥刘备。

曹操知道关羽是一个义薄云天的英雄，很重朋友感情，为了争取关羽，他已经把关羽当作朋友来对待了。关羽为曹操的情义所感动，于是两人经常把酒论天下，不久便成为好朋友。

成了好朋友后，关羽反而忧心忡忡了。关羽心想，曹操这人确实极重友情，但两人对当前时局的观点和想法却大相径庭，所谓道不同不相为谋，曹操这人做朋友可以，做领导，跟他打天下是不行的。于是，关羽便萌生去意。

关羽深知背弃曹操可能会导致杀身之祸，但他没有选择潜逃，而是直接向曹操告辞。曹操钦佩关羽坦荡磊落的胸襟，不仅没有杀死关羽，反而以礼相送。

曹操的部下们非常不解，都极力反对这么做，认为这是放虎归山。

曹操当众说，关羽是我的好朋友，所以我不能杀他。

事实上，曹操放走了关羽，在后来的双方的战争中，对曹操的事业产生了很大的冲击。

十九年后，曹操与孙权暗中联合对付刘备。在襄樊之战中，关羽败走麦城，被孙权抓获。

如何处置关羽，成了孙权伤脑筋的事。

孙权对鲁肃说，曹操与关羽是好朋友，当年的千里走单骑，让他们的友情成为家喻户晓的美谈，现在我如果要处死关羽，不知曹操会不会有意见，从而影响双方的合作？

鲁肃说，我认为不会。

孙权说，为什么？

鲁肃说，恰恰因为他们是好朋友啊！

孙权心中仍不踏实，便写了一封信给曹操，说关羽已被擒获。

曹操回信，对关羽之死深表哀悼。

于是，孙权便把关羽杀了，并将关羽的首级割下来送给了曹操。

曹操收到关羽的首级后，下令以诸侯的礼仪厚葬关羽。

曹操的部下们非常不解。曹操说，关羽是我的好朋友啊！

秀

房子是老百姓最为关心的话题之一，房价升降是近段时间来媒体争论的焦点。这不，N 市门户网站"N 在线"近来的点击率节节攀升，里面就 N 市房地产的价格展开了如火如荼的讨论。

事情缘于 N 市房地产界的权威人士 F 先生在"N 在线"上发表了一篇关于 N 市房价没有下降空间的主题帖，随后遭到 N 大学教授、当地知名学者 D 先生的大力反驳，并马上掀起了一场网络口水战。

网上，F 先生和 D 先生引经据典，从当地的经济数据到国家的宏观政策，从周边城市的比较到国外房地产发展的历程，针锋相对，互不相让。网友们也分成两大阵营，分别力挺 F 先生和 D 先生，呐喊助威，疯狂灌水。在网友们推波助澜下，F 先生和 D 先生的言论也日趋激烈、尖锐，大有一争高低之势。我和小 C 原本都有在近期购房的打算，所以一有空闲便不由自主地点击"N 在线"。

就在网络的争论白热化的时候，小 C 突然对我说，走，一起去听听 N 市房地产高峰论坛。论坛主办方还特地请了 F 先生和 D 先生进行现场辩论呢。

F 先生和 D 先生进行现场辩论？这把火从网上烧到网下？看他们在网上的那副架势，到了现场会不会打起来呀？去，一起去，这回肯定有好戏看了！我说。

于是,我和小 C 到了论坛现场,在听完专家、教授们的演讲后,终于盼来了 F 先生和 D 先生现场辩论的环节。主持人煽情的串词,把本次论坛的气氛推向了高潮。

F 先生和 D 先生出场了,先是友好的握手,还笑容可掬地互相让座。随后在主持人的引导下,双方你来我往地展开了辩论。

意想不到的是,辩论波澜不惊,观众们似乎大失所望。小 C 对我说,原以为会像网上那样一个怒发冲冠一个暴跳如雷,可如今却成了一个温文尔雅一个谈笑风生,没有什么看头!我说,你都说那是在网上了,现在可是在现实当中,网上那些话如果当着面说,他们不打起来才怪,可是这可能吗?

这是一个没有任何悬念的辩论,也就是说,这就像网上的对骂一样注定没有胜败。但在辩论的最后,也许 F 先生和 D 先生真的是要一争高低了,也许是要调动一下现场的气氛,F 先生说,半年后如果 N 市的房价掉一块钱,他将在《N 日报》发一整版的广告,向 N 市人民道歉!D 先生也慷慨陈词,半年后如果 N 市的房价升一块钱,他也将在《N 日报》向 N 市人民道歉!

现场果真掀起了一个小小的高潮,掌声汹涌。小 C 边鼓掌边欢呼,好,好,这场 N 市大论战胜败如何,我们拭目以待!

小 C 鼓完掌,悄悄问我,一整版广告要多少钱?

我笑了,可能是今天他们出场费的十分之一吧。小 C 顺着我指的方面往台上望去——

主办单位:N 日报、N 在线

协办单位:NM 房地产开发有限公司

我接着说,又或者,这天的广告版面《N 日报》已免费提供,主办单位嘛。

时间过得真快,转眼间,到了 2008 年的 4 月 1 日。我在办公室随手拿起了当天的《N日报》,一翻,见到了道歉声明,文字虽然不多,却是整整的一个版面。没错,它让我记起了半年前的那次房地产高峰论坛,说实在的,如果没看到这份道歉广告,这事还差点被我忘记了呢。

也许读者诸君会迫不及待地问,那究竟是F先生赢了还是D先生先赢了呢?这道歉广告究竟是谁登的呢?

我要说的是,这重要吗?

谋 杀

男人对女人说，你看那女孩叫着妈咪妈咪，多甜呀。

女人说，可不是，看那妈咪应着的笑容，多陶醉啊。

男人说，这怎么可以呢？我们要把妈咪谋杀掉！

女人说，好啊！本来大家都是叫妈妈的，为什么这家人偏要叫妈咪呢？是不是要炫耀她们家更富有更幸福呢？

男人说，就是，我们要让这女孩没有妈咪可叫。

女人说，可是，我们做得到吗？就算我们把人给杀死了，也不能把妈咪这两个字从字典上抹杀掉呀。

男人说，谋杀可以直取性命，也可以不伤其性命却是让其生不如死，或者是让人成为行尸走肉，空有躯壳，但精神已灭，这后者才是谋杀的最高境界啊。

女人说，我明白了，我们就把妈咪这个词送给其他人吧，不能再给这家人使用了，但是送给谁好呢？

男人猥琐地笑了笑，说，就送给夜总会的公关经理、领班她们吧。

打那以后，女孩继续叫着妈咪妈咪。有一次，她的妈妈皱了皱眉头，轻轻地说，女儿，以后不要再叫我妈咪了，改叫我妈妈好了。

男人和女人知道后，露出了狰狞的笑容。

男人说，我们要乘胜追击，展现我们文字杀手的厉害。

女人说，下一个目标是谁呢？

男人说，就是那家人的女儿。

女人说，那该如何谋杀呢？

男人说，你没看到这家人迎来送往，人们对于这女孩小姐长小姐短吗？多高贵啊！

女人说，这不就是要显示她们的尊贵吗？我最看不顺眼了。可是，这个词用了上千年了，谋杀她可不容易。

男人说，是呀，不叫小姐叫什么好呢？

女人说，叫大姐，这称呼最朴素了，很多人就叫我大姐。

男人说，可是年纪小的呢？就像这家人的女孩，叫大姐不合适嘛。

女人说，那就叫小妹，多亲切啊。

男人说，那也只适合年纪小的，不适合年纪大的。

女人说，干脆叫美女吧！

男人说，那丑女怎么办？

女人说，丑女也喜欢听呀。

男人说，其实，我们瞎操这个心干啥？谋杀后该叫什么跟我们有什么关系呢？聪明的人有的是办法，我们现在的任务只是谋杀！

女人说，那你决定如何谋杀呢？

男人又猥琐地笑了笑，说，就把这称呼送给夜总会的坐台服务员吧！

又打那以后，在这家人以及迎来送往的亲朋中，渐渐地不再听到小姐这称呼了。

男人和女人知道后，再次露出了狰狞的笑容。

女人说，我们收手了吗？

男人说，不，虽然这已经给这家人造成了很大的伤害，但这远远是不够的。

于是，男人和女人继续收获着狰狞的笑容……

直到有一天，男人说，我找到了妈妈生前留下的录像带，那时我才两岁，喊着妈咪喊得多欢啊，可是这盒珍贵的录像带，我现在却不敢再拿出来看了。

女人说，我也在父亲的遗物中找到了当年的日记，原来我出身名门，是个人见人爱的千金小姐，可是现在却成了不能回首的往事。

男人叹了一声。

女人也叹了一声。

我的江湖

江湖,素来险恶,杀机四伏。

我不以为然。我说,为什么叫江湖呢?江湖本应风光旖旎,江边垂钓,湖心泛舟,这才是真正的江湖。

你说,没有刀光剑影,那不是江湖,少了腥风血雨,江湖也不再是江湖。你手无缚鸡之力,江湖本与你无关,可你偏要掺和江湖是非。

我说,此言差矣,无招胜有招,四两拨千斤,方显快意人生,才能笑傲江湖。

你说,青红两帮厮杀又起,江湖从此不再平静,你我可要多加小心。

我说,冤冤相报何时了,这又何苦?

你说,当年,青红两帮交恶,青帮自恃人多势强,一口气杀了红帮几十个人,首级一箩筐一箩筐扛回来,足足用了八箩筐。红帮誓言血债血偿,无法强拼,那就暗取。一年不成,二年,二年不成,三年,君子报仇,十年不晚。

我说,那也是陈年往事了。

你说,所谓的江湖恩怨就是日积月累而来的。

我说,可是,前段时间,他们不是停下来了吗?

你说,那只不过是暂时挂上免战牌,心力交瘁,累啊!想歇一歇了。但是,短期的休养生息绝不是长久的和平。

我说，我有办法让他们化干戈为玉帛。

你嗤之以鼻，争先斗强，互不相让，多少年的相持不下，这一笔笔债啊，谁都扯不清。

你还说，兄弟你就不要搅这趟浑水，小心当了青红两帮的炮灰。

但是，我知道，不久，你就会对我另眼相待。

这不，你问，你是如何当和事佬的，把江湖最大的梁子给化解了。

我意气风发，颔首不语。

你一再追问。

我低声说，此事你切要保密！

你说，一定。

我说，当时我提着厚礼，来到青帮，对帮主说，红帮委托我道歉来了。青帮人仰天长笑，开心至极。

你说，然后你又提着厚礼，来到红帮，说是青帮委托你道歉来了？

我说，正是。只见红帮老大哈哈大笑，无比荣耀。

你说，就这么简单？

我说，和平本来就不应该是奢望。

直到有一天，你突然发现事情可能并不那么简单了。于是，你一路狂奔，找到我后，连呼大事不好！

叫声搅乱了我优哉游哉的思绪。江风吹过，如一把冷剑直抵我的心窝。

你说，青帮老大派人四处找你，红帮的人也到处问你下落，你赶快远走高飞吧。

我丢下鱼竿，沿着这条江边的小路，仓皇逃跑。

后来,我终于知道,逃避也不是解决问题的办法。因为最终我被抬着回家了。迷迷糊糊中,我的大脑还是有丁点儿意识,我感觉到是青红两帮的几名大汉把我抬着回家的。

我知道你会闻讯赶来。

你拼命摇醒了我,你焦急地问,这是怎么回事?

我浑身无力,脑袋涨得像要炸开。我打开沉重的眼皮,又艰辛地合下去。良久,我说,我逃走后,在半路上,就给青帮的人截住了。那人说,帮主有请!我一听大事不妙,就跟他说,我要先到树丛里方便方便。趁那人没看紧,我又逃脱了。

你倒了一大杯开水,喂我喝下,滋润了我翻江倒海的五脏六腑。

我接着说,但是,青红两帮早已布下了天罗地网。我走不久,又遇到了红帮的人。两名大汉一左一右,带走了我。

你说,他们把你抓到哪里?

我说,洗剑山庄。青红两帮的老大都在,他们粗壮的手拉住我,不由分说就把我按在他们中间的位置上。我战战兢兢地问,你们都知道了?青帮老大说,都知道了!红帮老大说,所以今天特地请你喝酒,以表谢忱!

你说,喝酒?这怎么可能呢?

我说,酒是满满的一大碗。我不喝,我说我从来滴酒不沾。青帮老大嚷道,那就是看不起我们!红帮老大也说,那是不是不想我们和解了?我只能豁出去了,一声大吼,干了!

你说,然后呢?

我说,然后,我就不省人事了。然后,我就给抬回来了。

打　劫

今天何主任来得特别早,第一个到了办公室,紧接着,同事们也一个个到了。同事们见到何主任虽然来得早,却精神萎靡,便关心地问:"主任您不舒服?主任您昨晚睡得不好?"

"唉,是睡不好,昨晚差点给打劫了,幸亏我反应快,要不连人带车都不知道是什么结果!"

"打劫?"同事们马上围拢过来。

"是呀,昨晚跟朋友卡拉 OK,回来时,一个人驾车经过环城东路十字路口,正在等红绿灯时,突然,一辆摩托车从后面撞了过来!"

"又是这种伎俩,真是猖狂啊!"

"是呀,上次咱单位的老伍不就是这样中招的吗,老伍还气势汹汹地下车理论,结果被人捅了一刀,车也给人抢了。"

"真是胆大妄为呀,上次我还是大白天在闹市里,也是车屁股给撞了一下,我从这边车门下来,那边车门就给打开了,把我的坤包给抢了。"同事小莉现身说法。

"主任,这些您都听说过的,您应该没下车吧?"下属们无不担心地问。

"这一撞呀,着实力大,把我的酒也撞醒了。"

"那您有没有下车呀?"

"哈哈,你们当我是傻瓜呀,当时我的心一沉,心想大事不妙,猛地一脚油门,冲了出去,也顾不得红灯了。"

"那不是幸好当时前面没有车?"

"是呀,也就是当时没什么车,才危险呐。你们想想,那时候即使你不下车,人家也敢砸烂车窗的,所以我是三十六计走为上策!"

"主任神勇呀!"

"主任不愧是领导,处变不惊!"

"哈哈,人啊,不能逞匹夫之勇,要瞻前顾后。要是像老伍和小莉,不就吃亏了?"何主任变得神采飞扬,刚才的萎靡早已被抛到九霄云外。

"是呀,以后遇到这种情况可要向主任学习哦。"

这时,小张也上班来了。

何主任看到小张,脸色拉了下来:"小张你迟到了!"

"对不起,主任,昨晚真背,输了麻将不说,回来时,撞车了,车头烂了,手也扭伤了,今天一早把摩托车推去修,所以迟到了。"

"你昨晚也撞车了?"

"是呀,在环城东路十字路口,一不留神没刹住车,撞到前面的小车。"

"真惨,祸不单行啊!"有同事附和。

"可不是,把人家小车的车屁股撞了个开花,我想这不赔个三千五千怕是过不了关了。可是那个傻帽,却突然逃似的跑了。"

"啊?!"

大家看了看小张,又看了看何主任,事情不会这么巧吧?

何主任额角的青筋突然暴起来,他盯着小张狠狠地问:"难道是你撞的?"

小张战战兢兢地说:"这一撞也把我撞懵了,我也没留意车牌号码,小车就飞快地逃跑了,不过现在想起来感觉好像是主任您的车。"

小张看到何主任凶神恶煞的样子,哭丧着脸接着说:"主任,这事我认,车撞坏了,我赔!"

"你说昨晚事发时是几点?"何主任问。

"大概是一点钟吧。"

"时间吻合!地点吻合!你这个小兔崽子我把你给宰了!"何主任心里面这么想着,但脸上却挤出了一丝笑容,说:"我好像是十二点,你车上多少个人?你往哪个方向开?"

"就我一个呀,我往东走。"

"哦,那不对。我是往西,当时撞我的摩托车上有两个人。"

"就是,哪有这么巧的事?"同事们说。

"主任遇到的分明就是劫匪嘛。"

"是呀,真有那么巧,主任岂不是成为无能鼠辈了?"

这时,何主任心里酸溜溜的,心想:"车不是保险公司给修吗?咱犯得着承认吗?"

全民微阅读系列

下　车

在派出所的院子里,张三和李四上了一辆警车。一个小时后是香港六合彩开奖时间,现在正是行动出发的好时机。

地下六合彩已蔓延成为这个小镇老少咸宜的消遣方式,而打击私彩自然上升为当地派出所的日常性工作。就这样,一场场猫抓老鼠的好戏你方唱罢我登场,猫们和老鼠们都乐此不疲。

警车上,张三李四正在计划着今晚的行动,他们决定沿着城东路—城南路—城西路—城北路绕一圈,最后再回到处于城东路的派出所。

行动特别的顺利,可谓出师大捷。

在城南路,他们凭着职业的敏感和丰富的经验,当场逮住一手拿着小纸片一手打着电话正在下注的一个中年妇女,妇女吓得手脚发抖,认了后便被请上了警车。

在城西路,他们根据之前的线索,把专门下单的中间人抓个正着,人赃并获,那青年男子也被请上了警车。

在城北路,他们发现路边有一个中年男子正拿着一张六合彩私印小报在看,嘿,自己撞上枪口来了,那人又被请上了警车。

上来的这两男一女同志长同志短地不断求情,幻想着能放他们下车。

张三说:"我张三秉公办事,到了派出所一切按规定办!"

李四说:"我李四警告你们呀,在车上不能打电话找关系!"

哦！一个叫张三，一个叫李四。

这两男一女听后纷纷掏出电话，有的窃窃私语，有的在发短信。

警车已经过了城东路，在城南路，张三的电话响了，"喂……是谁……是吗……好的……没问题！"

到了城西路，张三对中年妇女说："你怎么不说清楚写在纸片上的数字是用来买福利彩票的呢？福利彩票与地下六合彩不同，福利彩票是合法的，你下车吧！"

中年妇女下车了。

在城北路，李四的电话也响了，"喂……是谁……是吗……好的……没问题！"

警车又过了城东路，在城南路上，李四对青年男子说："刚才没收的那本笔记本，写着那么多数字，究竟是你的，还是你儿子的数学作业本？"

"对！对！是我儿子的数学作业本！"

"一场误会，你下车吧！"

警车继续前行，张三和李四的电话再也没有响起，后面的中年男子好像有点不耐烦了，说："同志，我尿急，能不能让我下车方便一下？"

"尿急？下车？你是不是想逃跑？"

"这城东城南城西城北四条路加起来不到十五公里，你们开了两小时，我这尿能不急吗？"

"那你去派出所拉吧！"

警车突然加大了油门，呼啸着往派出所开。警车一回到院子里，张三李四便看到所长、指导员等所里的领导都在外面等候着。

张三和李四面面相觑。

张三对李四耳语:"今晚领导亲自督战?"

李四心中庆幸,低声附和:"幸好还留有一个可以交差!"

只见所长等人迎了过来,对着下车的中年男子毕恭毕敬地说:"局长辛苦了!"

局长?新来的局长?!

张三和李四只觉得眼前一黑,至于他们是怎样下车的,他们已记不起来了。

第一时间

世人都知道这世上没有后悔药，可是后悔的事还是不断在发生。张薯被免职那年，那个后悔呀，让他的肠子都悔青了。张薯被免的原因跟他的上一任一样，还是栽在了矿难上。不同的是，上一任陈薯对于辖区发生的矿难态度漠然，草菅人命，而张薯是在矿难发生后的三个小时后赶到了现场。当然，家有家规，国有国法，陈薯给判了重刑，而张薯却因玩忽职守被免掉了行政职务。

矿难发生后，调查组找他谈话，问题的焦点在于张薯你为什么三个小时后才赶到了现场？一个小时的路程你为什么三个小时后才到？这样是延误军情啊！这样是严重的渎职啊！你知道在矿难发生后，及时的、强有力的现场指挥有多重要吗?！

张薯是后悔的。以至于下来后的那段时间，张薯常常自言自语地说，我为什么要三个小时后才到啊！我为什么要三个小时后才到啊！

张薯的自责在某一天戛然而止。这一天，新闻说，又发生矿难了。张薯心里面想，接他位子的李薯恐怕是要步他后尘了。几条人命，总要有人承担责任，是吧？

因为自己有了切肤之痛，张薯就很关注李薯是什么时候赶到事发现场的。但是，新闻似乎没有直接地提到这个时间问题，只是报道说李薯是在第一时间赶到了事发现场。

这叫张薯很纳闷。什么才是第一时间？新闻没有交代。也许赋闲在家的日子太无聊了，张薯突然对这个"第一时间"产生了浓厚的兴趣。于是，张薯针对不同的新闻报道进行了判断、分析和推理，最后得出了一个惊人的结果，李薯是在事发两个小时四十五分后才赶到现场的！

张薯叹道，李薯啊李薯，难道前车之鉴还不够深刻吗？你为什么还要犯同样的错误啊？

在张薯的潜意识里，李薯下台是板上钉钉的事情了。但好几天过去了，竟然没有李薯被处理的消息。张薯觉得奇怪，对自己主观判断的固执竟然转变为一种强烈的期盼，那就是期盼早日看到或听到李薯下台的消息。张薯等呀等，但最终还是没有等到。张薯终于明白了，李薯无须下台。

原来还为李薯扼腕的，想到李薯竟然安然无恙，张薯便破口大骂，刚开始骂媒体，后来又骂起李薯来。

张薯骂着骂着，最终还是把李薯给骂下台了。这事说起来也活该李薯倒霉，还是那个煤矿，又出事了，又死了两个矿工，真是事一波未平一波又起，就这样，李薯的职务终于给免了。

那天，张薯遇到了李薯，问道，你不是第一时间赶到了现场了吗？怎么还要下来呀？

李薯叹了口气，说，说是措施不力啊！李薯摇了摇头，又说，说是措施不力啊！

往后的日子里，李薯也在不断地后悔。但是，李薯的后悔在某一天也戛然而止了。这一天，矿难再次发生。

李薯叹息，这次是轮到洪薯有难了。李薯说，但愿洪薯是在第一时间赶到现场，但愿洪薯能拿出更有效的措施啊！

因为类似的经历，李薯非常关注着事件的进展。报道说，这次矿难的伤亡比之前的几次都大。李薯听后不断地摇头，说，洪薯这次玩完喽！洪薯这次玩完喽！

于是，李薯就在等，等着洪薯被处理的消息，等呀等，等到事件已告一段落了，洪薯被处理的消息还是没有等到。换句话说，洪薯不用下台。

李薯觉得不可思议，凭什么这次死的人多，他洪薯反而不用下来了？于是，李薯非常认真细致地对之前的新闻报道进行了回顾、分析和解读。后来，他在相关的报道中找到了问题的关键，报道说：洪薯在事发的第一时间启动了应急预案！

李薯愤愤不平，说，什么应急预案？里面都有哪些具体的措施？这些措施全不全面？得不得力？怎么就只字不提了呢？怎么就没人分析了呢？

这一个个的问题，像秋千一样一直在李薯的脑海里摇来晃去。摇着晃着，李薯便产生了一个奇怪的念头，那就是倘若有朝一日遇到了洪薯，他一定要在第一时间向洪薯请教请教。

英雄寂寞

雷豪见义勇为、勇擒持刀劫匪的事迹一下子在局里传开了。

事情是这样的，这天早上，雷豪走路上班，将要到局里时，突然前面传来"抢摩托车啦，抓住他！抢摩托车啦，抓住他……"的呼叫声，雷豪一看，一辆摩托车正狂飙过来，远处一个男子正气喘吁吁地边叫边追。

说时迟，那时快，只见雷豪一个箭步横跨过去，往歹徒的手一抓，歹徒一慌，摩托车打了一个趔趄，速度减慢了下来。雷豪见状，马上冲上去，从后背硬生生地把歹徒扯下车来。

那歹徒也不是好惹的，一翻身，手里已多出了一把匕首，猛地往雷豪身上一捅。雷豪想不到歹徒来这一手，躲避不及，急忙用左手去挡，同时一个扫堂腿，把歹徒踢倒在地。这时，雷豪的两个同事小彭和小周上班路过现场，三个人一起把歹徒制服了。

而雷豪因左手被刺了一刀，血流不止，被送往了医院。雷豪正在包扎时，他所在的保卫科麦科长闻讯赶到了。麦科长为科室出了先进事迹兴奋不已，嗔怪雷豪等人怎么没有办理住院手续呢？万一刚才失血过多有后遗症怎么办？万一这一刀伤到了筋骨怎么办？他作为部门负责人怎样向局领导交代？怎样向家属交代？接着，不管雷豪连连摆手，就给雷豪办了住院手续。

雷豪刚一住下来，局长就带着办公室、工会等有关部门慰问来了。接着是事发所在辖区的派出所和街道办事处的领导们也探望他来了。再接下来是公安局的领导也来了,还带来了一个意外的消息,说雷豪立了大功,抓获的那歹徒正是公安局通缉的嫌疑犯,已经犯了好多单抢劫案。

下午,当地一些主要媒体的记者也来了。十来平方米的病房里,镁光灯交替闪烁。

一日之间,雷豪成了全城的新闻人物,成了这座城市见义勇为的英雄。

但是,英雄的故事远没有结束,接下来的日子,表彰会、英雄事迹报告会等各种活动接踵而来,让雷豪平淡乏味的保卫工作突然变得轰轰烈烈。这让雷豪有点措手不及,甚至无所适从。

开始,雷豪想推辞,他说,他挺身而出的时候他可没有想那么多,更没有想到当英雄,事后他也有点后怕。领导听后啧啧称赞,多朴实的保卫同志啊,这正是英雄平凡之中的不平凡!

所幸的是,一切的活动、日程有关单位都安排得妥妥当当,根本不用雷豪操心,就是讲话稿、现场采访也有人给事先给准备好。

经过一段轰轰烈烈的日子后,雷豪又将迎来平凡的生活和平凡的工作。但是,让雷豪始料不及的是,接下来的日子依然不平凡。

先是之前协助擒获歹徒的两个同事小彭和小周躲着他,有意疏远他。

小彭说,雷豪在英雄报告会上的演讲,提都没提到他们。

小周说,路见不平拔刀相助他们也会呀,而且他们也确实这么做了,所谓的英雄只不过是运气好。

小彭说,给雷豪再大的荣誉他们都没话说,关键是他们连一点慰问都没有,所谓论功行赏,总不能让一个人包揽了。

小周说，不是他们及时赶到，英雄可能连小命都丢了。

于是同事之间便有了裂痕。更糟糕的是，接下来科里的老王对雷豪也有意见了。你想，一个保卫科包括雷豪共五个人，除了一个科长，剩下的三个人对他都有意见，这还了得？原来，由于是年底了，单位评选先进，保卫岗位只有一个名额，按照单位里多年来形成的潜规则，先进轮流当，今年该轮到老王了。可是，局里已经有风声出来，今年这个先进非雷豪莫属。

老王听了，非常不服，去年雷豪不是刚拿了先进了吗？今年不是该轮到我了吗？于是，老王看到雷豪的时候便一百个不顺眼，心中愤愤不平，你当你的英雄，我又没招惹你，干吗侵犯到我的利益来了？

这还没完，更要命的还在后面。那天，局长突然到保卫科指导工作，临走时，拍了拍雷豪的肩膀，说，好好干，虽然做的是平平凡凡的保卫工作，一样是有前途的。

局长的话让麦科长如坐针毡，局长当着大家的面说他的下属有前途，那他的位置又该怎样摆？

打这之后，部室内的同事们都对雷豪敬而远之，工作上不仅不支持、不配合，有时还故意让他难受。这一切，雷豪还蒙在鼓里，他很郁闷，怎么当了英雄以后，同事关系就发生了这么大的变化？雷豪感到从未有过的寂寞，更让他难受的是，由于缺少同事们支持与配合，工作上差错不断。人们总是摇头，怎么当了英雄后，连这样的事情都做不好？

雷豪心灰意冷，觉得这样干下去也没什么意思，于是，便辞职了。

英雄辞职，对于局其他科室的同事来说，多少还是有点意外。这件事后，麦科长、老王、小彭、小周他们总是在不同的场合有意无意地说，在局里面做事，讲的是团队精神，雷豪这人确实能干，人品也好，但自从当了英雄以后，就是个人英雄主义膨胀……

传　承

　　晚上八时一过,一天来门庭若市的生意算是清静下来,这时候的老邹便坐在饮食店的吧台里,一边清点着钞票,一边吆喝着学徒吴四招呼零零星星的食客。也是这一时段,吴四才有机会掌勺。

　　说是掌勺,其实也是非常简单的流水作业,右手拿着特制的长竹筷,夹起河粉,往左手里的竹篾编成的漏勺一放,氽入左边的滚水锅,麻利地抖几抖,捞起,扣放在海碗里,再洒上一小撮葱花,右手拿起大汤勺在中间的汤锅中盛起香浓的老火汤淋上,然后在右边的肉锅里迅速挑出两块卤猪脚,一碗远近闻名的"明记猪脚粉"就这样新鲜出炉了。吴四的动作虽然没有老邹那样一气呵成,倒也显得有条不紊。

　　当最后一个客人埋单走后,老邹便说,阿四,你先走吧。吴四揉揉手,扩扩胸,说,师傅您忙,那我走了。

　　这么多年来,老邹总是让伙计先下班,然后把店门拉下一半,一个人又在厨房里忙碌起来,无非就是当天的善后以及第二天的准备工作。

　　老邹忙完后,拉下卷闸门,上好锁。这时,隔壁杂货店的老谭打招呼说,老邹,天天这么晚,不叫阿四他们留下来陪你?

　　老邹呵呵笑,还是让他们这些年轻人先下班吧,如果天天这么晚下班,还能留得住他们?

老谭却笑了,这倒是个理。不过,谁不知道你老邹猪脚粉的汤底与卤水是秘制的,你这还不是故意支开他们?

老邹得意地笑了,没有秘方,我老邹的猪脚粉能十多年长盛不衰?

老谭话题一转,说,我老表在南门大街的档口你考虑得怎么样了?

老邹说,我再三思量,还是不搬了。

老谭说,你这里毕竟太窄了,人家说吃一碗老邹的猪脚粉,还要排队,有时还吃不上。那里比这里足足大一倍,搬过去,生意可以翻一番呀。

老邹说,我说老谭呀,你没做这一行你不了解,大伙吃东西还不是图个热闹,正因为排队大家才吃得欢呢,搬到那里去,弄不好,风水一转,生意不好怎么办?

老谭促不成这笔交易,叹了一口气,悻悻地说,说得也有道理。

老邹的饮食店没有搬,生意依然红红火火。但生意好终归惹人妒忌,不知是谁传出来,说老邹的猪脚粉之所以味道香浓独特,是老邹把顾客吃剩的骨头暗地里回炉熬汤作汤底。

这个远近闻名的"老字号"真的这么缺德?人们半信半疑。但说的人似乎也有板有眼,为什么别家的店骨头是往外倒的,而他"明记"却往厨房里收?为什么每晚关门前他老谭总是要一个人独自在里面待上一两个时辰?

经这么一说,这事情还真是有点蹊跷。于是一传十、十传百,"明记猪脚粉"的生意便一落千丈,没多久便关门大吉了。

关门后,老邹先后做出了两个重要的决定,先是把店面低价转让给了徒弟吴四,接着又与老谭断绝了关系。这事老谭不仁在先，老邹不便明说，但老邹不明说，大家心里头都明白是怎么回事。原来，老邹私底下查问了几个熟人，顺藤摸瓜，传言竟来自老谭。

再说吴四，他接手后立即请人把厨房打通，改造成开放式的厨房，让光临的食客一览无余。这个重树食客信心的举措果然行之有效，加之"明记"毕竟是老字号，而之前也仅仅是传言并没有什么确凿的证据，经过短时间调整，生意竟也逐渐恢复过来。更重要的是，吴四做出来的猪脚粉还是保留了原来的味道，而且一点都不比老邹逊色。

没多久，吴四便租下南门大街老谭表亲的档口，把"明记"搬了过去，并更名为"新明记"，还是开放式的厨房，吃下来的骨头还刻意当场往外倒，生意做得风生水起，对比老邹那时，有过之而无不及。

第二年的春天，正当吴四在店里忙得不亦乐乎时，老邹的儿子急匆匆来到店里，说是父亲病危，突然想吃"新明记"的猪脚粉，并想见见吴四。

吴四便带着猪脚粉，跟着老邹的儿子来到老邹家。老邹见到猪脚粉，呆滞的眼睛突然发亮，竟然能翻起身子，狼吞虎咽地吃了起来。吴四感慨万分，这是老邹第一次吃他的猪脚粉。

吃完猪脚粉，老邹示意其他人出去，只留吴四一人在房间里。老邹说，当年揭我老底的人，我一开始以为是老谭，昨天老谭告诉我，实际上他是听你说的，但是，这件事我不怪你！我一直不明白的是，你一接手，又怎能做出地道的"明记"猪脚粉呢？

看见吴四犹豫着，老邹又说，你放心吧，我是将死之人，我会保守这个秘密！

吴四说，既然这样，我就告诉师傅吧，当时我把你的卤汁留

英雄寂寞

了下来，还有，那锅让人作呕的汤底，也一起留下来当了汤母……

　　说完，吴四便告辞了。吴四一回到"新明记"，就传来了老邹病逝的消息。

招牌菜

都说同行没知己,这话一点不错。

当六顺来到惠州找我和大虎时,看到大虎的大排档生意做得红红火火,竟然冒出一个念头,他也要来惠州搞饮食。

大虎大大咧咧地说,好啊,有个伴好啊。

六顺果真就推迟回四川,在惠州找起了铺面。这铺面也不好找,理想的街道没有铺面可租,而招租的铺面又不适合做大排档。找呀找,最后竟然找到了大虎的对面。

我说,大家都是好兄弟,面对面一起做饮食生意,怕有矛盾啊!

六顺说,这个我也想过,但铺面委实不好找……

大虎说,大家各做各的,这有什么问题呢?

六顺最终还是把他的大排档开在了大虎的对面。大虎在这里已经做了好几年,他的招牌菜水煮鱼远近闻名,很多人就是冲着他的水煮鱼而来的。六顺毕竟是刚入行的,这生意哪能跟对面的大虎竞争?

正是一边门庭若市,一边是门可罗雀,矛盾不知不觉就产生了。实际上他们之间的矛盾也没有什么新奇的,和一切同行竞争的故事一样俗不可耐。由于我们都是从小一起玩到大的好朋友,他们有什么对对方不满的苦水都向我倒,今天不是大虎跟我说六顺打价格战破坏行规,明天就是六顺跟我说大虎处心积虑想抢他的熟客。后来还发展到大虎的老婆与六顺的老婆对着马路互相指桑骂槐。最后，大虎暗地里发劲了，处处压着六顺，很快，惨淡经营的六顺只能搬出了这条街。

本来事情也算告一段落了。那天，大虎来找我，说他在政府规划的饮食一条街上第一时间签下了四间铺面，原来的设想是把生意做大，但考虑到投资太大，还是决定让出两间出来。他要我转达六顺，大家朋友一场，他愿意把这两个铺面按原价让给六顺。

我知道，这条新规划的饮食一条街，可谓是一铺难求。据说有人倒铺面也能赚他几千一万的。六顺曾找过我，想在这里找铺面，但还是迟了。

我说，你们之前面对面时就已经闹得不可开交，如果将来又是两隔壁，到时候可不要反目成仇哦。

大虎说，成行成市的生意好做，人气足，现在六顺的生意不好，搬过来应该是一条出路。

我说，你的好意我知道，现在做生意竞争激烈，我是怕你们两个人到了最后连朋友都没得做了。

大虎说，如果我不让给他，也要让给别人，也是搞饮食，同样要面临竞争。

大虎说的是实在话。我转告六顺后，六顺很开心，对大虎让出两间铺面充满感激。

很快，大虎和六顺的餐馆陆续开张了。大虎姓杜，餐馆的招牌写着五上大字——"杜记水煮鱼"，而六顺的餐馆则叫"顺记香辣蟹"。两家餐厅紧挨在一起，开始了新一轮的竞争。让我感到欣慰的是，他们的生意都很好。

有一天，我们多年没联系上的儿时伙伴胖子不知从哪里知道了我的电话号码，打了电话给我，聊着聊着，一听说大虎和六顺在开餐馆，就来劲了，说马上过来尝尝他俩的招牌菜。胖子虽说是深圳的大老板了，但打小好吃的馋样似乎没有变，大概一个来小时，司机开着大奔把他送了过来。

中午，由六顺在他的餐馆请客，晚上则由大虎做东。久别重逢，大家相谈甚欢，频频举杯。当了大老板的胖子嘴巴更刁了，说起美食头头是道，颇有心得，对于大虎和六顺的拿手好菜更是赞不绝口。

胖子离开惠州时，对我说，好久没吃过这么地道的川菜了，下次他还要再来惠州品尝老朋友的招牌菜，特别是大虎的香辣蟹、六顺的水煮鱼！

我马上更正说，应该是大虎的水煮鱼、六顺的香辣蟹。

胖子打着酒嗝，说，没错，没错！

没过多久，还在路上的胖子打了我的电话，说，兄弟，我今天可没喝醉，我刚才说的没错，在今天这么多菜中，明明就是大虎的香辣蟹、六顺的水煮鱼最出彩嘛！

这个胖子，就为了这点小事，还特地打电话呢。我说，咱们中餐和晚餐是都吃了香辣蟹和水煮鱼，但你不要忘记了，他们的招牌一个叫"杜记水煮鱼"，一个叫"顺记香辣蟹"。

胖子听了哈哈大笑，说，你也不要忘记了，我可是出了名的美食家啊！

过　年

菜头一辈子都不会忘记1978年2月6日这一天。

不会忘记，首先是这天刚好是除夕，比较好记。更为重要的是，在除夕这么一个特别的日子里，愤怒的父亲朝他干瘪的屁股踢了一脚。这一脚不轻不重，但清脆的响声多年后依然在菜头的耳边回荡。

1978年2月6日这天的下午三时，八岁的菜头最后一个离开打铁场回家。除夕夜的团圆饭开得早，往日玩耍到天暗下来才肯打道回府的伙伴们，这天却早早地回到家里在餐桌旁打转了。

菜头回到家，母亲就骂，颠了这么晚才回来，找你打酱油影子都没一个。骂完，母亲又喊，快拉尿去！

菜头说，没尿。

拉屎。

没屎。

你一大早吃了五六个番薯去了哪里？一整天没见你往茅房里去？

我……我刚刚在晒谷场屙过了。

母亲叫了起来，我跟你说了多少次了，有屎有尿要回来家里屙，就是不听，屎尿是什么？是肥！是财！乡下的康婶一直有意见，这一季再不给足，来年不跟咱家换萝卜了。

在一旁的父亲听着听着，冷不防就给菜头的屁股一脚，兔崽子,就是不长记性!

　　客观地说,这一脚并没有伤到菜头的筋骨,但是这一脚的威力在于它真的让菜头长了记性。自此,在外玩耍的菜头,每逢要屙屎屙尿,无论离家多远,总会记得往家里跑。

　　过了正月十五,年才算过完。就在这一天晚上,菜头尿床了。

　　八岁的孩子还尿床? 母亲一边洗床褥,一边在骂菜头这么大的孩子就是让人操心。只不过,这回骂不出菜头的记性,菜头隔三岔五还是会尿床。

　　母亲带着菜头看了赤脚医生。吃了赤脚医生开的药,菜头的遗尿未见好转。这时,父亲紧张起来,以为是给自己踢坏的,连忙带着儿子进城求医。医生说,都是憋尿憋出来的,憋尿导致膀胱发炎,尿道感染,然后是括约肌松弛无力,以后千万不要憋尿了!

　　除了吃药,父母还给菜头开了绿灯。父母训道,以后有尿就屙,甭管在哪个地方!

　　随着病情痊愈,菜头遗尿事件算是告一段落,但远没有结束。

　　光阴似箭,日月如梭,时间来到 2009 年的秋天,四处打零工的菜头经人介绍来到了当年他治遗尿的城里,在一家餐馆做送餐员。

　　送餐的工作并不太累,就是满城市跑。刚开始,菜头挺满意这份工作,但没多久,问题就来了。这座城市的汽车太多了,交通拥挤,经常堵车,所谓人有三急,送餐路上,这样的尴尬事不时在菜头身上上演。更要命的是,公共厕所太少了,还经常找不到。

　　菜头那块有过既往病史的括约肌如何经得起这般折磨? 就在菜头来到这座城市三个月后的某一夜晚,快奔四十的菜头三十年后再一次尿床了。

第二天一大早,菜头逃回了老家。

年迈的父亲看着菜头老是往茅房跑,眼中闪着泪光,儿呀,太辛苦了就别在外面奔波,吃咸吃淡咱无所谓。

命运跟菜头开了一次玩笑,当年在小镇里犯的病到城里治好了,现在是在城里犯的病回小镇治好了。玩笑虽不是好事,但玩笑的结果终归不是坏事,当菜头看着父亲那只曾经踢过自己的脚,现在却走动不便,而且并没有好起来的迹象时,菜头想,这可不是一件开玩笑的事!

菜头黯然神伤,跪下去,给父亲干枯的双脚揉捏起来。菜头说,再也不出门了。

2010 年 2 月 13 日下午三时,菜头骑着自行车去岳父家送年货回来,经过打铁场时,膀胱涨得厉害。菜头跳下车,躲进了一棵榕树后面。

菜头焦急而利索地拉下裤链。

伴随着除夕噼里啪啦的鞭炮声,这一刻,菜头感到无比酣畅,如沐春风。

还　乡

老刀发了。

发了的老板们自然而然要做的一件事便是衣锦还乡。老刀也不例外。老刀将要踏入阔别二十年的故乡牛镇时，突然掏出手机，给正在恭候他的曹镇长打了个电话。

你这个老刀，怎么还没到？欢迎晚宴就差你这个主角了，大家都在等着你呢，县里也派人来了。电话那头，曹镇长急不可耐地嚷道。虽说上个月才在省城见过一次面，但语气已经相当熟稔。

曹镇长，我突然就想起了儿时的小伙伴李土豆，你看能不能联系到他，之前我听说他农贸市场卖菜，我今晚特别想见他。

一定要今晚吗？

是的，小时候他曾经帮过我，当年受人滴水之恩，今朝当涌泉相报。

你放心吧，我现在就派人去找李土豆，既然是你的恩人，管他菜贩不菜贩，也是今晚的嘉宾！

晚宴的现场，刚才是大伙在等大老板老刀。现在老刀来了，大伙是在等一个名叫李土豆的菜贩。

一会儿，负责去找人的镇办林主任却一个人回来了。老刀焦急地问，没找到人？

林主任说，找是找到了。

那为什么不来？

李土豆说他啥时候成了老刀的大恩人了，还说我忽悠他，死活不肯来。

曹镇长见状，训道，你怎么能这么说话呢，你应该说儿时的小伙伴，那是最纯真的感情，老刀兄念旧，二十年后回到家乡，第一个想到的就是他。这么说，他能不来？

林主任悻悻地去了。一会，果然把李土豆带回来了。

二十多年不见的儿时伙伴，见面的那一刻，果然诸多感慨，难以言表。寒暄毕，李土豆问老刀，刀仔，我啥时成了你的大恩人了？

老刀激动地站起来，没有你当年的支持，就没有我老刀今天的成功。

李土豆一头雾水。

老刀问，三十年前，你和芋头捡屎的那段日子，我们三人一起在溪墈玩耍，你们经常争抢我的大便呢。

李土豆说，那时，你跟芋头的关系好，你总是给他不给我。对了，大家吃着饭，怎能说这些反胃的话呢。

不，不，这是名人背后的故事，这也是一笔宝贵的财富，我们当洗耳恭听。曹镇长说。

老刀说，你知道吗？有一次，我们仨在溪墈玩耍，我又屙屎了，你们都在等。

那肯定又给了芋头。李土豆说。

可是那一次，我便秘，屙不出，芋头不讲义气，说等我那堆屎还不如去别处捡来得快，于是便丢下我，跑了。那时，我很伤心。天色渐渐暗下来了，你还在耐心地等待，虽然最终我没屙出来，你也白等了，但你的不离不弃让我很感动。我们一起回家，路上，我虽然憋得难受,但心里却是暖洋洋的。

李土豆哈哈大笑,有这回事?

可不是,三十年前的那一次便秘让我懂得了做人的道理,当一个人困难的时候,身边有人在支持是多么重要啊,哪怕是默默地支持都能给人以无穷力量。三十多年来,我的成功离不开身边一些人的支持。你说,谁没有过便秘呢?

好,好!老刀同志把便秘引申为困难,形象,生动,通俗易懂。更为重要的是,老刀同志面对便秘时所体现出来的一种积极、上进的人生态度,更是让在座的各位茅塞顿开,受益匪浅!曹镇长不失时机地站起来,即席点评。说完,带头鼓起了掌。

老刀面泛红光,拉住李土豆的手,说,兄弟,你现在有什么困难,尽管开口。

李土豆笑道,我没有便秘。李土豆的幽默让大伙都跟着笑起来。

那你需要什么,你说出来听听。老刀说。

那我就直说吧,芋头他才是真正的便秘呢。

真正的便秘?老刀一时没有听懂。

便秘好几年了,医生的说法,叫肠功能紊乱。唯一的儿子,去年在外打工,工伤,落得个三级残废,现在在家待着。

便秘的难受我知道,我知道!老刀感同身受。

老刀,难得三十年多年前的事情你都记得这么清楚,你这个人记仇啊!李土豆说。

土豆,此言差矣,老刀这是感恩,何来记仇?一边的曹镇长打抱不平。

李土豆哈哈大笑,对我感恩,那不正是对芋头记仇了?

你说,治疗芋头的便秘要多少钱?老刀霍然而立,准备拉开胀鼓鼓的手提包。

李土豆连忙按住老刀的手，说，芋头现在需要关心的不是生理上的便秘，而是生活上的便秘！说完，李土豆离席而去。

望着李土豆远去的背影，老刀憋得满脸通红，犹如三十多年前的那次便秘……

旧 味

三十年过去了。说快吧，也有岁月煎熬的时候；说不快，无非也是弹指间。

三十年来，狗蛋始终认为，他这辈子吃过的人间美味莫过于1981年的那一次烤番薯。

是的，那是1981年的某天。那天，阳光灿烂。

狗蛋他们一伙四人，在溪边游水。游着游着，狗蛋说，我们游过对岸吧！

对岸叫沙尾，他们都明白游过对岸将意味着什么。

他们爬上对岸时，湿透的小裆裤滴淌着溪水，顺着坳黑的小脚渗进温热的沙地。这就是远近闻名的盛产番薯的沙尾。

狗蛋说，我们挖几个，带去海边的沙滩上烤来吃。说的时候，他们互相对视了一下，然后蹑手蹑脚地走进番薯地，蹲了下来。

你们在干什么！突然一声大吼，闪出了一个老农。

他们蓦地站了起来，惶恐地望着老农。

娘的，嘴馋？想吃番薯？

狗蛋他们低下了头，不知所措。

娘的，挖番薯可要挑成熟的，不要把正在长着的给挖出来，那可是糟蹋！老农说着，弯下腰去，挖出了五六个大番薯，递给狗蛋他们。

那时的狗蛋，红红的鼻子下面挂着两条鼻涕虫，正拼命地往回吸。看到老农递来番薯,两只手反而往身后躲。

娘的,还不接住!老农一声大吼,硬是往狗蛋怀里塞。

狗蛋他们重重地吐了一口气,接过番薯,像快乐的猴子,欢呼着,跳跃着。他们离开了这片肥沃疏松的土地,穿过一片木麻黄防护林后,眼前豁然开朗,那是令人神往的十里银滩。

狗蛋他们折断木麻黄的树枝,捡来干枯的落叶,在柔软的沙滩,挖炉起火。整个过程操作熟练,有条不紊。当番薯的表面渐渐烧黑时,狗蛋说,熟了!然后用树枝利索地把炉子捣蹋,紧接着几个小伙伴迅速地用周围的细沙将其掩埋。他们并不急着吃掉,番薯要焖一阵子才好吃呢。他们深谙此道。

他们先在沙滩上玩耍,然后,他们觉得有点累了、饿了,便折回原地。其实,他们心里一直在惦记着,盘算着时间差不多了,于是,争先恐后地用树枝把番薯一个个挑出来。

番薯虽然烫热,但是他们吃得啧啧有声,还不时高呼——好食!好食!

几年后,已经读初中的狗蛋,和几个同学再次来到海边玩耍。他们经过这片番薯地时依然禁不住驻足停留。可以肯定地说,狗蛋盯着番薯地的时候,眼睛闪烁着光芒,他想起了当年的美味,不由自主地咽了咽口水。

但是长大了的狗蛋他们已经不可能像当年那样心照不宣地偷偷蹲下来。而且,一位年青的农夫手执木棒,正凶神恶煞地盯着狗蛋他们一伙。

狗蛋悄悄地跟同伴说,很想很想吃烤番薯。

不知是当年的美味确实让狗蛋魂萦梦绕,还是这次的遗憾让他刻骨铭心,番薯已成为狗蛋记忆深处的印记!这是三十年后的狗蛋始料不及的。

儿时瘦骨嶙峋挂着两条鼻虫的狗蛋，三十年后摇身一变成为大腹便便的上市公司老总。唯一不变的是那又大又红的鼻子。算命先生说，就是这个又大又红的鼻子，足以让狗蛋一辈子丰衣足食。

丰衣足食？这让狗蛋想起孩童时代祖屋破旧的两扇木门上依稀可辨的字迹，那时他从左到右读，总是读成食足衣丰。

这一天，狗蛋在办公室，靠着肥厚的大班椅，盯着圆形透明的穹顶发呆。秘书走进来，问，老板，今晚想吃什么？

吃什么好呢？狗蛋反问。

秘书没有回答，也不敢回答。

这样的对话已持续了一段时间，之前秘书总是搜肠刮肚说出一些美食的名称，但换来的是老板臭骂，骂他没点新意。

狗蛋硕大的身躯突然从大班椅上弹了起来，走，去吃番薯！

秘书愕然。

在某五星级大酒店的宽敞包房里，狗蛋只点了一道主食——烤番薯。

当身材高挑的服务员托着一个青花瓷盘款款而入时，狗蛋远远地看到瓷盘里晃动着的番薯，眼睛一激灵。

狗蛋马上正襟危坐。

狗蛋小心翼翼地剥着番薯的皮。

狗蛋轻轻地咬了一口，慢慢地咀嚼……

如临大敌的秘书正要舒展脸上绷紧的肌肉时，却清清楚楚地看见狗蛋的嘴巴骤然停止了咀嚼，随后，把刚咬过一小口的番薯放回了青花瓷盘。

狗蛋一声叹息。

狗蛋习惯性地捏了一下大鼻子，想起了算命先生说过的话，喃喃自语，祖屋木门那剥落的字迹不知还可以辨认么？

附：评论

社会病象的深度体察和智性叙述
——读阿社小小说

雪弟

　　从最初漫无边际的随性书写，到近几年有意识地对生活进行整体观照，阿社的小小说创作愈来愈呈现出"系列化"的特点。截至目前，阿社已有两个系列在广大读者中产生了强烈反响。一个是"包装时代"系列（包括《包装时代》《后包装时代》《范包装时代》等），此系列以包装时代有限公司包装师阿社（作者为避嫌，特意给小说人物取一个与自己一模一样的名字）对"我"的各种包装为线索，揭开了各种被包装业包裹住的社会病象：浮夸、作秀、故弄玄虚等；另一个是"病人生"系列（包括《脱发》《近视》《耳聋》等），此系列以日常生活中常见的疾病为喻体，展现了人生的诸种病象。尽管这两个系列在题材上大相径庭，但其核心要义却是相同的，那就是：对社会病象的深度体察。这也是作者大多数小小说作品的主题内涵。

　　现实生活中，阿社（指作者，谈及小说人物，会使用包装师阿社,下同)的真实身份是一家银行的副行长,但我觉得他更像一个医生,而且是一个中医医生,不需要借助现代化器具,只需"望、闻、问、切",他就能看出社会的病象。阿社对社会病象的深度体察,主要表现在两个方面:一是他对显明的社会病象的极致化挖掘。如在《泛包装时代》中,经由包装师阿社对一个人身后事的包装,作者对当下社会最为严重的病象之一——浮夸,进行了极致化的演绎。其实,在《包装时代》和《后包装时代》中,作者已经通过包装师阿社对"我"从老师到大师,又从大师到老师的包装变化,体察了浮夸这一社会病象。但与此两篇作品相比,我觉得,《泛包装时代》对这一病象的体察更为震撼人心。作品中,"我"只是一个再普通不过的人,但"我"死后可以被包装成何种样貌呢?我想,即使被打死,我们也想不出来——"我"的死竟标志着"一个时代的结束"。尽管现实生活中的浮夸,也往往出乎我们的意料。但此篇作品对浮夸的体察之深,似石破天惊,着实把我们吓了一跳;二是他对潜在的社会病象的顺藤摸瓜式的深度发现。如在《脱发》中,经由张局长的脱发病因——肾虚,作者发现了他生活作风之糜烂;经由李副局长的脱发病因——油脂过多,作者发现了他多占多拿、贪污腐化;经由王科长的脱发病因——工作压力太大及后来这一生理疾病的成功治愈,作者发现了他身上的官僚主义和虚伪、圆滑。由于这些社会病象深藏于地下,极具隐秘性,如果不仔细探寻,确实很难发现。但作者还是凭借其"望、闻、问、切"的高超本领,顺藤摸瓜,把它们给揪出来了。

那么,作者是如何把诸种社会病象给叙述出来的呢?与大多数小小说的传统写法不同,阿社采用了"智性叙述"。这主要体现在以下三个方面:

一、相互参照的互文性叙述。"互文性"的原意是指文本的意义由其他的文本所构成，每一文本都是其他文本的镜子。我在这里所说的"互文性"，其内涵相对狭窄，主要是指多个文本之间的相互参照和彼此牵连。如在"包装时代"系列中，《后包装时代》可以说是《包装时代》的续篇。《包装时代》讲述的是包装师阿社把"我"包装成"大师"的故事，《后包装时代》讲述的则是，包装师阿社把"我"包装成"刘大师"后，又进一步把"我"——"刘大师"包装成"刘老"的故事。这样，两篇作品就彼此牵连在一起，它们相互参照，相互生成，形成了一个潜力无限的开放网络。《泛包装时代》《零包装时代》《云包装时代》和《范包装时代》等作品都可以纳入到这个网络之中。尽管它们的核心要义都是对浮夸病象的深度体察，但它们显然使得此内涵更为凸显，而且，可相互参照的多个文本在形式上也更为亮丽、迷人。需要说明的是，在"包装时代"系列中，并非仅仅这几个文本可相互参照。其实，作者已经完成的二十多篇作品中，几乎每一文本都是其他文本的镜子。因为每一文本写的都是包装的故事，每一文本故事的展开都离不开包装师阿社与"我"。只是，某些文本之间是藕断丝连，某些文本则是依偎缠绕而已。

二、谐趣横生的隐喻性叙述。在"病人生"系列中，阿社已对包括脱发、近视和记忆力衰退在内的十四种生理疾病进行了书写。他的创作初衷是什么？难道真的是像医生一样治病救人吗？答案是否定的。这是一种隐喻性叙述，作者的目的是用一种事物暗喻另一种事物，每篇作品中出现的一种疾病只是作者表达的载体——故事展开的线索和意义生成的关键点。如在《腰椎间盘突出》中，作品以腰椎间盘突出为线索，串起小职员张三和老板的故事——张三得了腰椎间盘突出，想向老板请三个月假。谁知，却被老板炒了鱿鱼。理由是："腰椎间盘突出了，以后业绩还会突出吗？"副总经理也趋炎附势，安慰老板说："我看小张干得也不怎么样，若业绩突出，腰椎间盘会突出吗？"经由这个故事，作品深度体察了商人唯利是图的社会病象，同时底层小人物的卑微、无助，公司高层的冰冷无情于谐趣横生中，被淋漓尽致地叙述了出来。又如在《肥胖症》中，科学家通过改变土豆的生长环境——土豆的家被从土里搬到树上，把一个个小小的土豆培育成了几十斤的巨无霸。正当科学家享受科学技术发展带来的成果时，他却发现，吃这些土豆长大的五岁的儿子，体重突然升到五十多斤。在这篇作品中，作者巧妙地把土豆的肥胖与人的肥胖联系起来，批判了"人类常常利用科学干傻事"的病象，构思精巧，立意深刻，且充满趣味。

三、反话正说的反讽性叙述。除了"包装"时代系列和"病人生"系列，阿社还对妙手偶得的素材进行加工，创作了一些不太好归类的单篇作品，如《传承》《玉碎瓦全》《道歉时代》《我的江湖》和《一个摊档的会计》等。在上述不少作品的写作中，阿社采用了反话正说的反讽性叙述。如在《传承》中，饮食店老板老邹的徒弟吴四沿袭了老邹做"明记猪脚粉"的秘方——把顾客吃剩的骨头暗地里回炉熬汤作锅底。作者本义是批判饭店经营中的道德缺失这一病象，但他却使用了明显具有褒义色彩的"传承"一词。又如在《道歉时代》中，经由芸芸众生的道歉事件，作者批判并，揭示了这个时代的喧嚣、浮夸和无序。正话反说，虽缺少正面交锋的醋畅，但它透出的反讽意味，却把我们带向了别具一格的艺术境界。

当然，阿社的小小说创作也不完全是对社会病象的深度体察，如《口吃》经由话务员唐糖的戏剧化人生——正常说话到口吃,揭示出了职业对人的极度控制;《一个摊档的会计》借一个会计的眼睛,以幽默略带荒诞的方式,呈现了一个牛杂摊老板的内心世界。阿社的智性叙述也不限于上述三种,如《摩擦》采用扩容增殖的臆想性叙述,经由"我"的多段臆想,生动地写出了小人物在社会中的被压迫和紧张感;《后道歉时代》采用元叙事,在进一步批判纷至沓来的"挂羊头卖狗肉"之病象的同时,又交代了《后道歉时代》写作的初衷——表示道歉的诚意。真真假假,全文明晰而又神秘难辨。

阿社小小说创作的不足,是有些作品缺少新意,如《十三幺》,无论是题材选择还是主题内涵都显现出陈旧的样貌。另外,有些作品,如《谋杀》构思虽然奇特,立意也较深,但情节简单化了。期待阿社继续保持着丰富的想象力,并不断积累生活经验,在努力打造好"包装"时代和"病人生"这两个系列之后,再开拓出一片新天地。

《中国小小说地图·广东卷》(大众文艺出版社,2013 年 5 月)

《论广东小小说(1978—2015)》(中国言实出版社,2015 年 12月)

(雪弟,男,副教授,评论家,惠州学院小小说研究中心主任、广东省小小说学会常务副会长兼秘书长,惠州阅客文学院执行院长,第四、五、七届中国小小说"金麻雀奖"评委。)

阿社小小说的写实对比与夸张重复

刘海涛

阿社的小小说已经形成了自己独特的写法和独特的风格。阿社的小小说细节从形态上说，属于现实生活中的常形常态，它没有变形、夸张到离开现实生活中的怪诞。从表达上来说，它又做了充分的渲染、铺张甚至是夸张的叙述。这样阿社小小说的形态是一种再现与表现、写实与写意、叙说与夸张结合得很平衡、很艺术的一种特别的小小说文体。

《摩擦》里，撞"我"车的、导致我赶不上洽谈会的"红领带"竟然正是我要与之见面的谈判对手。这里用了小小说的误会、巧合使得《摩擦》的故事有了令人印象深刻的夸张叙述。《一个摊档的会计》连续三次出现档主老板改变记账名目的细节，令"我"对"会计之镇"的工作无所适从。《脱发》也是这样，张局长、李副局长、小丽三人轮番为"我"推销治脱发的药品，把商业社会里的"商品推销"夸张到了极致。这两篇作品都采用了典型的"小小说重复"方法来创造一种夸张叙述。

《近视》《耳聋》《遗尿》三篇的写法叫"小小说对比"。大虎与小虎就眼睛近视配戴眼镜的细节相互对换了，读了书真正近视的大虎最后通过手术摘除了眼镜，而因为眼睛正常只能做些没有文化的体力活的小虎却千方百计想戴上近视眼镜。聋子五根从聋到不聋到最近想回到无声的聋世界；菜头从被父亲踢了一脚后开始尿床并遭遇命运的讥笑："当年在小镇里犯的病到城里治好了，现在是在城里犯的病回小镇治好了。"这三篇作品的构思方法就是"小小说对比"，进一步说是小小说的反跌对比形成了作品细节夸张叙述来构成小小说的文体形态。至于《包装时代》《泛包装时代》《零包装时代》的系列小小说里，由"小小说重复""小小说对比"这两种方法共同体现一种描叙，并揭示商业社会里"包装人物、包装产品"的真相。

由此可以说，阿社小小说的风格和个性，是可以把他对现实生活中的某一点发现，通过一个小小说细节的提炼叙述来体现；而这个小小说的细节又常常通过小小说的重复、对比来实现小小说的夸张叙述，阿社的夸张叙述典型的是没有脱离现实生活常形常态的小小说叙述。

在 2013 年 12 月 1 日"惠州小小说现象"高端论坛的发言
《智慧与创意：小小说解惑》(中国社会科学出版社，2014 年 9 月)

(刘海涛，男，教授，享受国务院特殊津贴专家，岭南师范学院二级教授，中国作协会员，广东作家协会主席团成员、中国微小说与微电影创作联盟副主席、校园文学创作委员会主任、国际汉语应用写作学会副会长、世界华文微型小说研究会副会长，曾任中国写作学会副会长、岭南师范学院副院长。)

无奈与妥协:商业时代的都市困境

卜凌云

小小说被称作是小说里的"轻骑兵",它能迅速地反映现实生活中的各种真实。对于生在都市里的普通人,商业化、高房价、房奴等词语几乎成了近年来城市问题的最普遍的概括。小说作家们当然也在用他们的笔迅速记录着现代都市生活的新变化、新问题。

作家阿社在小小说创作领域有着对现实清醒的认识和理性的分析,擅长写系列小小说。其作品常常以当下社会的一些新现象、新问题作为切入点,在发现和展示问题的同时,力图寻找问题的根源所在,体现出一个作家的社会责任感。

阿社的"时代"系列呈现出光鲜亮丽的都市男女所面临的困境和无奈。《道歉时代》从民生的角度对城市生活作了一次扫描,以一种黑色幽默的反讽,展现城市的普通人生活中都普遍遭遇过的各种困扰。作品中的地产大亨为自己推高房价而道歉;燃油公司老总为捂油惜售并坐等油价上涨而道歉;当红女星为不雅言语伤害市民感情而道歉;五金店老板为售卖假冒伪劣产品而道歉;甚至连市场上卖猪肉的小贩也为自己的缺斤少两而道歉。而作为小老百姓的"我"则厚道地接受了他们一系列的道歉,并且不停地说"都过去了，不提了，不提了""下不为例就行了，我不怪你"。看到这样的场景，相信每一位读者都会感觉既熟悉又陌生，熟悉的是这些道歉者们的推高房价、囤积物资坐地起价、缺斤短两、售假贩假等现象，感到陌生的是他们的道歉声，在现实生活中我们又何曾听到过几声呢？作者文笔之犀利可见一斑。

《包装时代》批评的是当下都市中愈演愈烈的商业炒作行为。在现代城市人的观念中，"酒香不怕巷子深""人怕出名猪怕壮"的年代早已成为了过去时，人就是要出名，而且要尝试用各种手段出名，最主要的手段就是靠包装进行炒作。"炒作"这个词近年在城市文化中颇为活跃，作者在文中以幽默的语言总结了炒作的两种方法：一是"骂名人"，并且把骂分为"君子对骂型""泼妇骂街型""疯狗乱咬型"等等。因人而异，针对有需要的人的不同性格和特点，分别为其设计开骂的对象和策略，效果立竿见影；二是给自己"扣上几顶高帽子"，并以历史名人做"托"，什么李时珍啊、蔡伦等等，同样也是效果显著。作品里的主人公通过这两种方法去包装，果然被人尊为大师，感觉很受用，甚至心里已经飘飘然了。如此包装出来的大师、专家在现实生活中又何尝没有过呢！

《剩女时代》描写了都市中令人生畏的高房价以及女性们无房不嫁的观念催生的剩女现象。高房价与剩女现象看似没有关系，却又有着一定的关联性。剩女们直接或间接地成了高房价的牺牲品，这是一种既奇怪又合理的逻辑，这也恰恰是都市女性们所面临的一种压力和困境。最终她们也不得不向现实妥协，甚至无奈之下购买了针对单身女性设计的公寓，而公寓的名字也颇有喜感，就叫"剩女时代"。城市的发展改变了女性的传统观念，却又让她们面对一系列的新问题。她们追求纯洁的爱情和自由的婚姻,却又被无房不嫁的观念绑架,这也是都市生活中一个普遍存在却不易解决的难题。

作家把人们所看到的种种现象通通拿出来曝光,勾画出了城市生活的系列漫画,能够让读者在这样小而精的故事中不断地去反思当下的诸多社会问题,从而提高自身素养,积极自觉地抵制某些消极现象。

节录于《惠州小小说作家的都市叙事》,原载《惠州学院学报》2016年2月,第36卷第1期

(卜凌云,女,文学硕士,文学理论副教授,主要从事文学理论、文艺美学和语言学科的教学和科研工作。)

常态背后的病态
——读阿社"病人生"系列小小说

徐威

　　"病人生"系列小小说是阿社写的一系列有关隐藏在"正常"背后的"社会疾病"小小说,现共有《脱发》《近视》《耳聋》《口吃》《狐臭》《腰椎间盘出》《肥胖症》《遗尿》《便秘》《痔疮》《脚气》《臆想症》《记忆力衰退》十三篇。每一篇都是通过一些人身上的某一种病症,巧妙切入到这个社会的"病症"之中,构思新奇,文笔流畅犀利,写得真的是精彩至极。

　　一、贴近生活:通俗化的叙事

　　文字有雅俗之分。高雅的文字,如同一壶好茶,需要慢慢品,会让人留有余味,回味无穷。通俗的文字,则像一壶烈酒,让人喝得痛快,酣畅淋漓,能极大地激起读者的阅读快感。雅俗并无优劣之分,雅俗的选用,应该是要与小说的主题、内容、背景相映衬的。

　　在阿社的这一病态人生系列小小说之中,我们看到的,并非是阳春白雪类的高雅叙事。没有特别高雅的语句,没有特别含蓄美丽的用词,展现在我们眼前的,更多的是通俗化的叙事。作者在叙述的时候,选择的是一种相对平民的、口语的、通俗化的语言。

　　阿社的这种选择,是因为阿社叙述的这些有关"病态"的故事,是与我们的普通生活紧密相连的,在我们的生活中也时有发生。通俗化的叙事,不仅能让读者读起来流利顺畅,而且还能把故事写得更加真实,能够更"原汁原味"地把小说的场景还原在读者的脑中。同时,还能有助于小说文本主旨的表达。

　　我们以《脱发》为例。《脱发》是该系列中最有意思的一篇。崔扁未到四十,头发便呼啦啦地往下掉了。办公室里的各号人物都帮崔扁出谋划策。张局长介绍了一个老中医的药方;李副局长把崔扁脱发的原因经过分析得头头是道,最后介绍了几盒药;王科长说是平时压力过大导致脱发;小丽更是"热心",先是向崔扁推销了一小瓶三百块的特效洗发液(还是市面上买不到的那种),而后又是推荐一套洗发液和护发素的套餐,"优惠价"五百块……崔扁到了最后,干脆到理发店推了个光头,这是绝招,崔扁终于不再脱发了。光头的崔扁真是既可爱又可怜。

　　通篇读下来,我们似乎找不到那些非常高雅的词汇。出现的,都是我们常见的词语。没有生冷偏僻的词语,没有大段大段优美感人的比喻和拟人,阿社就是用通俗化的语言,把故事讲得精彩有趣,且不乏深刻的思想内涵。而且,作者还借用"对话"来推动故事的发展。人物之间的对话,贴近生活,且较多运用口语。这种口语的运用,在"病态人生"系列小小说中的其他文本均有体现。

　　从开始脱发,到最后的彻底解决脱发,整一个事件叙述得自然流畅,没有丝毫堵塞之感。这除了作者选择的叙述语言是贴近生活的通俗化叙述这个原因之外,还与作者选择的切入点有关。文章一开始就紧紧抓住了"崔扁脱发了"这个主题来行文,在整篇文章中,时刻不离"解决脱发"这一中心。

脱发不奇怪,你脱发后,别人各种各样的反应就奇怪了。在《脱发》中,张局长、李副局长、王科长、小丽的行为各有不同,相应地,崔扁也是有了不同的"反脱发"的方法。其实,从他们的话语和说话的动机之中,我们不难发现,他们正是现实生活中某几类人物的集中代表。两个局长是因为"关心部下"(是不是真的关心还有待考证)才提出他们自己的建议,王科长是想要崔扁加班,小丽则更明显,就是为了钱,典型的利欲熏心。

当然,"反脱发"的成功最后是依靠"剃光头"这个绝招。崔扁剃了个光头,这一方面可以理解为"以后不用再为脱发的事情烦心了",另一方面,我觉得也可以理解为"不用再面对这些人而烦心了"。

这样的小小说,流畅自然,读者的阅读快感一点一点地被激发出来。直至最后,非比寻常的结局,让读者在惊叹、轻笑中抓住了作者的写作意图,让读者回味不已。由此可见,阿社在"病态人生系列小小说"中选用通俗化的叙述语言,是成功的。

二、以小见大:常态背后的病态

病态人生系列小小说,每一篇都是讲述了一个人患"病"的故事,同时,也是这个社会的病症故事。这些故事,无论是荒诞也好,真实也罢,我们都能从中读出一些特别的东西。

《口吃》的主人公唐糖是一个话务员。由于长时间紧张而机械的工作,致使唐糖患上了职业病,无论在什么场合,和谁说话,说的都是机械性的"话务员礼貌用语"。最后,声音甜美、讲话流利的唐糖竟然口吃了。

《狐臭》实际上说的是一个人的恋爱史。唐果从大学开始,到工作多年,谈了好多个男朋友,最后都因自己身上的狐臭而被人抛弃。最后，年龄渐大的唐果不得已放下自己的坚持，随便找了个男人嫁了。故事的最后，唐果发现自己的丈夫是因为鼻子有问题，闻不到她身上的狐臭，两人才相安无事。这时，唐果又愤愤不平，觉得自己吃亏了，便宜了这个庸碌的男人。最后的寥寥数笔，便把唐果这个人物形象刻画得入木三分。

《腰椎间盘突出》讲述的是在一个经济快速发展的社会环境下，讲求利益至上的一篇小小说。职员张三在政府部门工作的朋友李四患了腰椎间盘突出，常拿这病做文章，日子过得也更好了。张三后来也患了腰椎间盘突出，一向成绩突出的他向公司领导请假治病，却被告之劳动合同不再续签，因为他患病了，成了公司的累赘，没有利用价值了。最后，张三眼睛一黑，差点气昏过去了。

这一个个故事背后，隐藏着的，是整个社会的病态。阿社具有敏锐的观察力，这是一个作家应当具备的能力。在阿社的笔下，我们看到了生活背后的东西，看到了隐藏在常态背面的病态。

我们再以《脚气》为例。主任被免职了，再也没有人请他到沐足城泡脚了。于是，早已经习惯被请去泡脚的主任，觉得自己的脚奇痒无比，尝试了很多药都没用。他去求大名鼎鼎的老中医，老中医给了他一包白色粉末，吩咐了用法。三天后，主任的脚气果然好了。半年之后，主任又来了。他被新领导赏识了，又提上去了，又有人请他沐足了。这次来找老中医是想要"再次患上脚气"，他觉得"没有了脚气，少了那种瘙痒的感觉，令沐足的乐趣荡然无存"。老中医叹了口气，又给了他一包白色的粉末。又过了半年之后，主任被抓进监狱去了，脚气复发，十分痛苦。主任的老婆来找老中医，希望把主任治好。老中医却叹息地说，我给他的都是面粉啊,他根本就没得过脚气!最后一次,老中医的"白色粉末"终于也没用了——主任是真的患上了脚气。

这个故事,有些荒诞,但我相信,在现实中,这样的"主任"的确存在。《脚气》揭示的是一种常见的"社会病症",或者说,"人的病症"。在主任的身上,其实更多的是一种心理作用——"当主任时就时有发作,那时经常有人请我到沐足城,一沐足,双脚的感觉就很舒畅,就很轻松。但是,自从主任的职务被免掉后,就再也没人请我沐足了,于是双脚又开始痒了,而且现在是越来越痒,越来越严重了。""刚开始那些天,我脚痒难忍,于是一个人偷偷地去了几趟,但那是花自己的钱啊,根本就轻松不起来,而且我总不能天天去,你说是不是?"阿社把这种心理放大了写,就把许多官员(也包括我们普通人)身上的劣根性写出来了。这种劣根性,存在已久。

在创作技巧上,阿社采用了"以小见大"的方法。何谓以小见大?在写作中对形象进行强调、取舍、浓缩,以独到的想象抓住一点或一个局部加以集中描写或延伸放大,以更充分地表达主题思想。这种艺术处理以一点观全面,以小见大,从不全到全的表现手法,给写作者带来了很大的灵活性和无限的表现力,同时为接受者提供了广阔的想象空间,获得生动的情趣和丰富的联想。

我们可以这样理解:阿社创作了一个又一个"点"(单篇小小说),而后又通过系列小小说的方式,把这些"点"串成"线",最后用这些"线"勾勒出一张"病态的社会图像"。这种方式,很有新意,其最后所勾勒出来的整体图像,也比一般的小小说更具力量。这就像是一记组合拳,打出来之后,虎虎生威。

阿社对生活的观察敏锐,从一个平常的生活细节出发,从一个常见的病症开始,写出一个个精短的小故事,然后令读者在看完之后都会有所感触,或是捧腹大笑,或是忍俊不禁,或是瞠目结舌。然而,无论是哪一种,相信读者读完笑完之后都会有一些深入的思索。读者在阅读之后的思考,是"病态人生"系列小小说的一个亮点所在,也是"病态人生"系列小小说的价值所在。

《深莞惠小小说作家研究》(凤凰出版社,2011 年 6 月)

(徐威,男,广东省作协会员,中山大学中文系博士研究生,曾在《作品》《诗刊》《中国诗歌》《诗选刊》《星星·诗歌理论》《当代作家评论》《当代文坛》《四川戏剧》《创作与评论》等发表小说、诗歌、评论若干,著有诗集《夜行者》。)